白鹦鹉的森林

安房直子经典童话

[日]安房直子 著

彭懿 译

少年儿童出版社

果麦文化 出品

目 录

雪窗 / 001

白鹦鹉的森林 / 023

鹤之家 / 047

野玫瑰的帽子 / 061

线球 / 083

长长的灰裙 / 101

原野之音 / 119

雪窗

美代的灵魂,究竟是在哪段路上飞走的呢?要是现在立即就往回走,说不定能在山口上找回正在嘤嘤抽泣的美代的灵魂吧?

1

山脚下的村庄里,摆出了一个卖杂烩的车摊子。

突然亮起来的四方形的窗子里,映出了一个缠着头巾、脸上挂着笑容的老爹。写着"杂烩·雪窗"的布帘,在风中呼啦啦地飘扬着。

"雪窗,是店的名字吧?"

一个客人问道。

"就算是吧。"

老爹一边磨芥末,一边答道。

"噢。可还没有下雪就叫雪窗,是什么意思呢?"

"话是那么说,可是杂烩是冬天吃的东西呀。"

老爹这样说完,心想,我回答得有点牛头不对马嘴吧?

山里的冬天来得早。

初雪的那天晚上,四野一片白茫茫的。从山口上下来一个穿着厚厚棉衣的客人,跌跌撞撞地向车摊子走来。

"好冷好冷好冷!"客人叫道。随后,一边搓着双手,一边点菜道:

"请给我上一份那个三角形的在咕嘟咕嘟的东西。"

"三角形的在咕嘟咕嘟的东西？"

老爹一下抬起了脸，老天，竟是一头狸！眼珠圆滚滚的，尾巴像上好的大毛笔一样蓬松。不过，这事一点都没让老爹吃惊。早就听人说过了，山里像天狗呀，鬼呀以及额头上长一只眼的妖怪多的是，还有更加不可思议的妖怪哪！于是，老爹一本正经地问道：

"你说你要什么？"

狸朝锅里瞥了一眼，说：

"看，那个那个，就是那个三角形的！"

"我还以为是什么呢，魔芋啊！"

老爹差点忍不住笑出声来了，他为狸盛了一盘魔芋，又加上了好多芥末。这让狸兴奋了，哇啦哇啦地说了起来：

"杂烩店真是不错，还有'雪窗'这个名字，真是一个美丽动听的名字，我、我太、我太感动啦。"

"喜欢上了吗？"

"当然喜欢上了！漫天飞雪里，只有隐约显现出车摊子的那一线光晕。窗子里弥漫着热气，里面飞出一阵阵欢笑声……我还想再当一次'雪窗'的客人！"

听了这番话，老爹开心透了。狸大口地吃着魔芋，问道：

"煮杂烩的方法，很复杂吗？"

"哈哈，当然复杂啦。"

"需要多少年才能学成啊？"

"我正好学了十年。"

"十年！"

狸拼命地摇头。

"这不是比狸的寿命还要长吗？"

狸叫了起来。

从那天之后，狸每天晚上都来。而且，每次来总要追根究底地把杂烩的事问个明白。于是有一天晚上，老爹终于开口问道：

"我说，你当我的助手怎么样？"

"什么叫助手？"

"就是帮我做事。生生火，汲汲水，削削鲣鱼什么的。"

听了这话，狸乐得手舞足蹈。

"这正合了我的心愿！没有什么比这更让我高兴的事了。"

完了，狸就麻利地钻到了车摊子的里头。就在里头，老爹拿过一双长长的筷子，把锅里的东西一个个夹起来，耐心地告诉它：

"这个，是萝卜。"

"这个，是卷心菜卷儿。"

"这个，是鱼卷。"

狸一边嗯嗯地不住点头，一边又一个个地忘掉了。

尽管是这样，狸还是干得相当卖力。它特别会洗芋头，洗得特别干净。自从狸来了之后，老爹的活儿轻松多了，而且还好像是多了一位家人似的，有了一种幸福的感觉。

在此之前，老爹一直是孤零零的一个人。许多年以前，妻子死了。后来，幼小的女儿又死了，女儿的名字叫美代。细雪飞舞的夜里，"呜——啊"，老爹总是会听到从遥远的天空中传来美代的哭泣声。特别是客人们全走光了，孤零零一个人的老爹熄了车摊子的灯时，更是寂寞。

自从狸来了以后，熄灯前的那一个短短的片刻，却变得欢乐起来。客人一离去，狸就会拿两个酒杯，"哐当"一声摆好，说：

"来，老爹，喝一杯吧！"

一边喝，狸还会一边讲有趣的故事给老爹听，唱歌给老爹听。老爹的心情好了起来，觉得这世间似乎大了一两圈似的。

2

这是发生在一个白雪皑皑的夜里的事情。

还是像往常一样，熄灯之前，"哐当"一声，狸把酒杯摆了上来。可是，就在这个时候，从外面响起了一个声音：

"请再来一盘！"

原来还剩下一位客人。

"呀，真是太对不起了。"

老爹这样一说，仔细一看，是一位女客人。从头到脚严严实实地披着一条毛毯披肩，像雪的影子一样，悄无声息地坐在那里。这个时候了，而且还是一个女人，坐在杂烩车摊子上，让人不能不多少觉得有点诡异。

"喂。"老爹招呼道。客人抬起了头，浅浅一笑，露出了两个酒窝。还是一个年轻的女孩。这时，老爹却怔在那里了。不知为什么，女孩这张脸有点像美代。老爹目不转睛地盯着女孩，心底里，却在暗暗地数着美代已经死去了多少年。

（要是还活着，应该十六岁了。）

这么一想，再定睛望过去，毛毯披肩下面的女孩恰好是十六岁左右。

"你从什么地方来的啊？"

老爹战战兢兢地问。

只听女孩用清脆的声音回答道："从山口翻过来的。"

这叫老爹惊诧不已。这样的漫天大雪中，要想翻过一座山可不是一件容易事儿。就算是一个男人，也要爬上一整天吧。

"真的吗？山对面是野泽村啊，是从那里来的吗？"

老爹又问了一遍。

"是的，我是从野泽村来的。"女孩答道。

"为什么从那么老远的地方赶来？"

女孩浅浅一笑，说："想吃雪窗的杂烩啊。"

"哎呀，这可太辛苦你了……"

老爹乐坏了，不禁笑逐颜开。

"这么说，你是野泽村的人了？"

女孩什么也没有回答，眯起眼睛笑了。越看，老爹越觉得她长得像美代。

而在这个时候，狸一直一动不动地坐在车摊子里面。蓦地，它的直觉对它说：

该不会是一个雪女吧？

这样说起来，还真是的，女孩除了脸颊上泛出一丝淡淡的桃红色之外，白极了。狸回忆起以前在山里遇到雪女的情景。

狸还是个小崽的时候，有一次，看到一双雪白的赤脚从洞前"嗖"地一掠而过。当时它正和妈妈趴在洞里，它想也没想，就要把脑袋伸出洞外,"嘘——"却被妈妈制止了。

"那是雪女的脚啊,绝对不能出去!要是被雪女抓住了,最后会把你冻僵的!"

因为被妈妈拦住了,所以狸只看到了雪女的一双脚。不知为什么,它把那个时候的那双赤脚和面前这个女孩的这张脸联系到了一起。狸"咚咚"地敲打老爹的后背,压低声音耳语道:

"老爹,这是个雪女啊。要是被雪女抓住,会被冻僵的啊!"

可是,老爹连头也不回,只是高兴地看着女孩津津有味地吃着杂烩。吃光了杂烩,女孩站了起来。

"要回家了吗?"

老爹恋恋不舍地凝视着女孩。

女孩说:

"我还会再来。"

"噢噢,是吗,还会再来吗?"

老爹连连点头。

"回家路上小心点,可别感冒了。再来哟!"

朝着披上毛毯披肩的女孩的背影,"再来哟,再来哟",老爹不知道喊了多少遍。狸在他后头轻轻地捅了他的脊梁一下:

"老爹,那是雪女呀,喂!"

老爹转过身来,欢喜地这样说道:

"不,那是美代哟!"

"谁?"

"和我女儿美代长得一模一样哟。那对酒窝,还有那眯缝眼睛的样子,另外,年龄也差不多。"

这时，老爹才突然注意到，眼前搁着一个小小的、白色的东西。咦？老爹拿起来一看，是手套，雪白雪白的，安哥拉兔毛的手套。可是却只有一只——

"哎呀，忘了东西啦！"老爹喊出了声。

"什么什么？"

狸把手套上下打量了一遍，赞不绝口地叫道：

"这不是安哥拉兔的皮吗？这可是好东西啊。"

然后，脸上现出一副深思熟虑的表情，这样说道：

"这么说来，那是个人啦。雪女是不戴手套的啊。那个人还会再来的，把这么好的手套忘在这里，不会不来的。"

"是吗？"

老爹高兴地笑了，把手套塞到了怀里。

然而，等了不知道多少天，披毛毯披肩的女孩始终没有出现。

"今天又没来。"

"今天又没来。"

每天晚上，老爹都这样耷拉着脑袋嘟囔道。

十天、二十天过去了。

雪上又积了一层雪，已是冰冻三尺了。来雪窗的客人都吐着白色的雾气，说："老爹，好冷啊！"

"是啊是啊，好冷啊。"

老爹随声附和着，却不是把客人要的萝卜和芋头弄错，就是心不在焉地把酱汤打翻在地。而且，还总是神情恍惚地眺望着远方的山。

一天晚上，老爹对狸说：

"去野泽村走一趟，怎么样？"

"什么？这冰天雪地的，怎么去？……"

"拉着车摊子，翻过这座山去噢。做生意，常常换换地方才有意思嘛。"

听了这话，狸沉着脸把头转向一边：

"老爹，你就是不说，我也明白呀。你是要去找那个孩子啊！"

老爹把手伸进了怀里。

"啊啊，那孩子的一只手很冷吧？"老爹自言自语。

"可是山里寒风刺骨啊。"

"不碍事。围上厚厚的围巾不就得了。"

"可山里什么妖怪没有啊，鬼呀，天狗呀，额头上长着一只眼的妖怪呀……"

"不碍事。我的胆子比别人大一倍。"

"是吗？既然是这样，那我就跟随您一起去吧。"

狸像个忠实的仆人似的点点头。

3

翌日，是一个阴沉沉的雪天，老爹和狸拉着雪窗那架"嘎吱嘎吱"作响的车摊子，出发了。通往野泽村的路陡峭难行。

尽管在白天还有公共汽车与人的形迹，可是到了夜里，这一带则是一片怕人的死寂。又是雪埋山道，比想象中要难走得多，狸已经滑了三跤了。

"老爹,还、还有多远?"

车摊子后面,传来了狸那可怜巴巴的声音。

"早哪早哪,还早着哪!"

老爹慢吞吞地答道。这么说,还没有到天狗住的森林,还没翻过额头上长眼的妖怪出没的险峻的山口哪。北风呼啸,细碎的雪粒"嗖嗖"地迎风飞舞。

"把灯点起来吧!"

老爹点燃了车摊子上的那盏煤油灯。顿时,小小的、四方形的光,映亮了风雪弥漫的夜路。布帘的影子,在灯光中轻轻摇晃。

狸一下子变得神采飞扬起来:

"啊,灯一亮,心情就变得轻松多了,仿佛来了客人似的。"

可就在这时,背后响起了一个声音:

——雪窗店家——

狸吃了一惊,耸耳细辨,唔?大概是听错了吧。可这次,又有谁在前面呼唤开了。

——雪窗店家——

老爹也止住了脚步,他想,是心理作用吧。这么昏天黑地的大山里,不可能有客人来啊!虽说这样,两人还是把车摊子停住了,向四下张望。"嗖——"突然风声大作,一个细微的声音,从前面、后面、左面、右面,铺天盖地地涌了过来。

——雪窗店家、雪窗店家、雪窗——店家——

"哎——"

老爹不由得大声地答应道。于是,喊声刹那间停止了。

什么人也没有。唯有一片片形状各异的树木，银装素裹地默立在那里。

"嘿，"狸不禁啧啧称奇，"老爹，这是树精在恶作剧啊！我们就假装没听见，一直往前走吧。"

嘎吱嘎吱，雪窗又动了起来。

一边拉车，老爹一边想，方才的呼唤声好像是美代的声音啊。

美代六岁那年病死了。恰好是十年前，也是这样一个严冬的夜晚，自己背着高烧烧得像火炭一样的美代，翻过了山口。

那是一个月圆之夜。老爹飞快地穿过了天狗的森林，翻过了额头上长眼的妖怪出没的山口。深夜，终于赶到了野泽村医生的家门口。可背上的美代早已浑身冰凉了。

那时，老爹不禁暗自思忖道：

美代的灵魂，究竟是在哪段路上飞走的呢？要是现在立即就往回走，说不定能在山口上找回正在嘤嘤抽泣的美代的灵魂吧？

即使是在十年后的今天，老爹依然还是这样想。所以，那天晚上，当那个披着毛毯披肩的女孩从山上下来时，他惊愕得简直是目瞪口呆了。

"真是太像美代了！"

老爹把一只手插到了怀里，抚摸着那只手套。

"东风加西风，南风加北风。"

狸在后面唱起了歌。嗨哟嗨哟，老爹也接上了拍子。

总算是走进了森林。车摊子的灯光，忽明忽暗地闪闪烁烁。突然，头顶上响起了一个尖厉的声音：

"雪窗店家，萝卜煮好了吗？"

老爹吓了一跳，把车子停住了。

"谁呀？"

狸朝上看去。天狗那黑乎乎的影子就在旁边的树顶上，鼻子伸得长长的。它晃荡着两只爪子，又一次嘲笑道：

"萝卜煮好了吗？"

说完，它一边嘎嘎大笑，一边就像蝙蝠一样，蹿到了另外一根树枝上。这可把狸气坏了，噘着嘴，怒形于色。树上不去，就学着大人的模样把脸扭向一边：

"真受不了这样的家伙嘲笑！老爹，就装作没听见，一直往前走！"

它说。

雪窗又动了起来。后面传来了天狗的大笑声。

车摊子抵达了山口。

就在这时，面前一下蹿出了一大群黑影子，"呼"地排成一列，孩子游戏似的张开双臂拦住了他们的去路。

接着，便异口同声地喊道：

"雪窗店家，给点好吃的尝尝！"

一个个只有眼睛闪闪发亮。

"不给点好吃的尝尝，别想过去！"

听上去，还是孩子的声音。老爹举目细辨，只见它们一个个全穿着一模一样的短裤衩，头上长着一对犄角。

"是鬼呀！"

狸轻声嘀咕道：

"可、可还是一群小崽子啊。哄哄它们，让我们过去吧！"

老爹点点头，用温柔的声音说：

"真不巧，今天晚上我们是在搬家啊，什么吃的也没有。"

小鬼们齐声问道：

"是真的吗？"

老爹打开了锅盖，答道：

"是是，是真的啊。我说的不错吧，是空的啊！"

狸接着老爹的话，用更温柔的声音说道：

"以后，到野泽村来吃吧。"

想不到，小鬼们却一起伸出了一只手，说：

"既然是那样，给我们餐券！"

"好哇好哇。"狸连连点头。随后趁这群小鬼不注意，捡了十来片矮竹的叶子，发给它们：

"喏，餐券。拿着它到野泽村来，一盘杂烩免费。"

哇，小鬼们兴奋得像炸开了锅。

老爹开心地望着它们。

美代小时候，也拿树叶玩过。一闭上眼，美代玩过的各种各样的树叶，就会漫天匝地地飘来。

当过家家玩儿的盘子的树叶、当纸牌的树叶、当船的树叶，还有被当成雪兔耳朵的树叶——

"叮叮当当小山的小兔，

为何耳朵那么长？

溜进妈妈的菜园子时,
吃了矮竹的叶、榧子树的叶,
耳朵才会那么长。"

传来了曾经唱给美代听的童谣。不过,这回是小鬼们唱着同样的歌,走远了。

"叮叮当当小山的小兔,
为何眼睛那么红?
溜进妈妈的菜园子时,
吃了红树的果实,

眼睛才会那么红。"

"幸亏碰上的是小鬼。要是换了它们的父母，可就没有这么容易脱身啦。"

狸一个人念叨着。

老爹点点头，又拉起了车。

"你不冷吗？"

一边腾出一只手弄正围巾，老爹一边问。狸精神抖擞地回答：

"一点也不冷！"

往年这样的数九寒天，狸早就钻进洞里冬眠了。可是今年，不知是因为每天晚上喝一杯酒的缘故，还是生意太有意思了，反正既不觉得冷也不觉得困。

翻过山口，就渐渐是下坡路了。

"不远啦！"

老爹正在这样激励狸，"啪叽"，一个冰凉的雪球砸到了他的脸上。天哦，从边上闪出一个让人不寒而栗的家伙来。

"妈呀，额头上长一只眼的妖怪！"

狸惊叫道。老爹背上也蹿出一股寒气，两手捂住脸，不由得往边上躲去。

就在这一刹那，意料之外的事情发生了！车子脱手而去，它竟顺着雪坡朝山下滚去了。灯还亮着，它就那样骨碌骨碌地滚了下去。

"等等——"

老爹和狸从后面追了上去。可顺势而下的车摊子，比雪橇、比马还要快。

"喂——雪窗——"

"雪窗——"

雪窗那四方形的灯,眼看着越来越小,远去了。

(做生意可离不开它啊!)

老爹发疯一样地狂奔。奔啊奔啊,不由得倒抽了一口凉气:莫非说刚才那个家伙,真是额头上长一只眼的妖怪?

"老爹,没用了,无论如何也追不上了。"

狸在后头气喘吁吁地说。扭头一看,狸蹲在地上,只有尾巴还在吧嗒吧嗒地摆动。老爹也是累得筋疲力尽了,死心了,慢慢走了起来。

"到了山底下,总会有办法的。"

老爹轻轻叹了口气。说是这样说，车摊子一定摔坏了，七零八落了。

"真是的。跟野猪一样，突然就冲了出去！"

老爹和狸一起，跟跟跄跄地朝山下走去。

4

山脚下，雪窗孤零零地停在了野泽村的村口，仿佛是一只异色瓢虫。

"在那儿！在那儿！"

两人狂奔起来。

视野中，雪窗的灯光渐渐变大了。橘黄色的灯光，从四方形的窗口透射出来，帘子呼啦啦地摇晃着。

"谢天谢地，车摊子没摔坏。"

可这究竟是怎么一回事呢？车摊子里有一个人影，还冒出了煮杂烩的热气。

是呀，雪窗在开店迎客。没错，没错……

（可这不可能的啊！）

老爹一边眨眼，一边朝山下跑，小心翼翼地跑到了它的近前。

一看，天呀，车摊子里站着的竟然是那个披着毛毯披肩的——对，就是那个长得酷似美代的女孩，笑吟吟地正望着自己。锅里煮的是满满一锅杂烩。

"欢迎光临。"

响起了女孩那明快的声音。

"啊，你……什么时候……"

老爹的胸膛一下子灼烧起来。也说不出为什么，却几乎激动得热泪盈眶了。

"你、你做给我们吃？"

老爹和狸连忙坐到了椅子上。

"啊哈，偶尔当一次客人，倒也不错咧！"

老爹朝锅里探过去：

"那么，就来一盘吧。"

女孩点点头，盛了一盘子萝卜、魔芋。

"其实啊，我是来还你手套的。"

老爹迫不及待地从怀里掏出了手套。女孩开心地笑了：

"翻山越岭，就是为了特意来还我手套！"

她把手套戴到了左手上。右手，右手当然戴了一只手套啦。然后，她兴奋异常地说："这是一副魔法手套啊！戴上它，右手能做出叫人垂涎欲滴的杂烩；而左手呢，能召集来许许多多的客人。"

女孩把左手举得高高的，冲着四面八方挥舞道："来呀来呀！"

怎么样了呢？

虽说是在深更半夜，人们却真的成群结队地从四面八方赶来了！有用毛巾包住双颊的人，有穿西装的人，有穿着靴子、工作服的人，还有骑自行车的人，还有小孩。简直就像是节日的晚上，人流不断。吃完杂烩，搁下钱，便回家去了。

老爹和狸呆若木鸡，只是睡眼惺忪地瞧着这番光景。

"来吧，好吃的杂烩，雪窗的杂烩……"

女孩那清脆的声音，在这一带回荡着。雪窗的灯光，一个晚上也没有熄灭。

5

第二天早上，巡查在野泽村的村口，发现了一个小小的车摊子。它停在那里，店主模样的男人和一只狸，躺在长椅上呼呼大睡。

"喂，起来！"

巡查把两个人摇醒了。老爹蓦地仰起脸，找起那个女孩来。

可女孩早已无影无踪了。面前堆着的钱，多得简直是让人目瞪口呆。

（这、这是、这是昨天晚上的营业额啊！）

老爹睁圆了眼睛。

巡查带着一种奚落的口气说道："昨天晚上，生意相当兴隆呢！"

"嗯。"

"累了吧，所以就打了一个盹儿。不过，可差点就冻僵了呀！"

"嗯。"

老爹搔着脑袋想，那女孩果然是美代哩。

老爹的胸口一下子暖和起来。肯定是，他一个人点了好几次头。

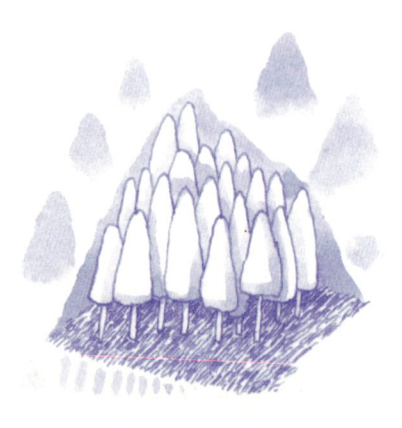

白鹦鹉的森林

黑暗的深处倏地一亮。笔直的下方,看得见一片不可思议的白颜色的森林。那亮光,究竟是积雪的反光呢,还是怒放的樱花泛出的微光呢……蓦地,水绘的心中有一盏灯点燃了。说不定,那里就是那个国度吧?

1

思达娥宝石店的入口，是一扇自动门。只要站到它面前，不要一秒钟，擦得闪闪发亮的玻璃门就会"唰"的一声往两边打开。一走进去，站在那棵巨大的盆栽橡胶树上的白鹦鹉，就会用一种奇妙的声音喊道：

"你好！"

就为了见这只鹦鹉，水绘每天都要到思达娥宝石店来。这是一家印度人经营的宝石店，所以，这只白鹦鹉大概是从印度带来的鸟吧？除了鸟冠是黄色的以外，它的整个身子都是雪白雪白的，白得炫目。

从早到晚，鹦鹉就站在橡胶树上。一对蓝眼圈里的眼睛炯炯闪亮，门一开，就会机械地叫道：你好，你好。

"你什么时候吃饭？什么时候睡觉？"

水绘仰起脸瞧着鹦鹉问道。可鹦鹉默默无声，什么也没有回答。

"喂，你什么时候吃饭啊？"

水绘轻轻地碰了一下它那长长的尾巴。摸上去，鹦鹉的羽毛就宛如天鹅绒的布料一般光滑。那触感，和摸在她那只心爱的、名叫"咪"的猫身上时一样。

咪是一只洁白如雪的猫。

是水绘把它养大的。从它刚一呱呱坠地,眼睛还没有睁开时,水绘就开始一口一口地喂它牛奶了。宠爱得不能再宠爱了,就像妹妹一样。

水绘,还有咪,就是在附近一幢公寓的十楼长大的。她们常常一起到思达娥宝石店来看鹦鹉。

好久好久以前,水绘就想悄悄地教这只白鹦鹉一个词儿了。

那是一个人的名字。是水绘连一次面也未见过的姐姐的名字。就在水绘出生前夕,她去了另外一个世界。去了一个远远的、谁也看不见的国度。那大概是天的尽头、地的深处吧?

"这是水绘的姐姐啊!"

有一天早上,给佛像上完茶,妈妈突然这样说道。水绘是不会忘记的,佛龛里面是一个她不认识的女孩子的照片。女孩穿着一件有水珠图案的连衣裙,笑吟吟地望着远方。这是一个比水绘还要小的女孩。

"还是这么大一个孩子的时候,就死了……"

这突如其来的话,让水绘的心怦怦地跳个不停,她勉强才听到了这只言片语。

我竟会有一个姐姐……

那天之后,水绘不止一次地想起这件事来。而每当这个时候,都会觉得有一股暖融融的东西,从心底汩汩地涌上来。那是一种近似于金桂的花的味道。

(我想见姐姐。要是见不到,就写封信。)

一天,水绘冒出了这样一个念头。可是,究竟把信投进什么地方的邮筒才行呢?

记不清是听谁讲过了，说是我们这个世界能去死了的人的国度的，只有鸟。鸟是来往于黄泉国的使者。

当水绘在思达娥宝石店里发现了那只白鹦鹉时，她猛地一怔，心都疼痛起来了。

尽管是一只鸟，可它是能说话的鸟啊！

而且它还又大又白。水绘想，这只鸟，是一定知道那个神秘的国度的了。托这只鹦鹉给姐姐捎封信吧？水绘认真地思忖起来。

她已经想好在信里写些什么了。

爸爸和妈妈的事，小猫咪的事，让人嫌恶的老师的事，还有那枚红色的戒指。前一阵子，水绘买回来两枚和红宝石一模一样的戒指。她打算再添上一句，如果姐姐喜欢戒指的话，就送一枚给姐姐。一想到姐姐在另外一个国度，戴着一枚和自己一模一样的戒指，水绘的心，就溢满了金桂花的花香。

"夏子姐姐。"

今天，水绘又在白鹦鹉的面前，张大了嘴巴教它道。

从开始教它这个词起，已经过去两个星期了。然而不管她怎么教，鹦鹉就是眼睛黑白一翻，怪声怪气地叫上一句：

"你好！"

于是，小猫咪就像责怪它似的，"喵——"地叫了一声。连咪都把这个词记牢了，鹦鹉怎么就记不住呢？

"好不好？说夏子姐姐，夏子姐姐！"

水绘再一次放大嗓门的时候，背后不知是谁在模仿她：

"夏子、姐姐！"

一个低沉的声音。

谁！水绘吓了一跳，扭头一看，就在身后近在咫尺的地方，站着一位肤色黝黑的印度人。他的腿长得叫人咂舌，褐色的脸，就仿佛是雕刻出来的一样。恐怕是这家店里的人吧？是这只鹦鹉的主人吧？水绘不由得下意识地抱紧了咪，连连后退了几步。

印度人用极其流畅的日语说道：

"这只鸟啊，只听喂它吃东西的人的话！"

"吃东西，喂它什么吃的呢？"

水绘怯生生地问。印度人掰着戴满戒指的手指，说："树的果实呀，草的种子呀，水果呀，蜂蜜呀……"

"喔，还吃蜂蜜？"

水绘有些兴奋起来了。

"要是蜂蜜的话，我们家里就有啊！下次，我带来喂它。"

"谢谢。"

印度人没有一丝笑意地谢她道。

2

然而，几天之后，当水绘捧着蜂蜜的瓶子来到宝石店的时候，那只鹦鹉不在了。

橡胶树上那朵绽开的白色的大花，消失了。

就在它的旁边，不知从何时起，那个印度人就像一座巨大的树雕似的，影影绰绰地伫立在那里。水绘一进来，印度人"嚓"地动了一下，接着，就用一张可怕得吓人的脸怒视着水绘。

"鹦鹉呢？"

水绘与印度人，几乎是在同时这样叫了起来。随后，两道视线就撞到了一起。印度人的眼睛好可怕。发火了，却不知道是为什么。

水绘昂起头，昂得脖子都疼了起来。

她死命地盯住那个印度人，发出了嘶哑的声音：

"鹦鹉，在什么地方？"

"在什么地方？"

是那个印度人的声音。这不简直就像是那只鹦鹉在反问一样嘛。

"我，不知道啊！"

印度人直截了当地、带着一股指责的口气这样说道：

"是被你的猫给吃掉了吧？"

"……"

水绘呆若木鸡地张大了嘴巴。

我的咪把鹦鹉吃了？猫怎么能把比自己身体还大的鸟吃掉呢……水绘不由得目瞪口呆。印度人仿佛是能把水绘的心看透似的，说，猫吃只鹦鹉还不简单。

"就说人吧，还不是满不在乎地就把比自己不知大多少的牛呀，鲸呀吃掉了吗？而且，昨天羽毛就掉在了这里。"

印度人好像是要展示什么确凿无疑的证据似的，在水绘的面前，摊开了紧握着的右手。那只大手的手心上，是一根被硬拔下来的雪白羽毛。

"猫常干这种事。因为鹦鹉的肉太好吃了！"

水绘剧烈地摇着脑袋。

"咪，从不干这样的事。"

是呀。咪这种事根本就下不了手。它是一只非常非常胆小的猫，也许是从小不点的一只小猫儿起，就在高楼上长大的缘故，偶尔带它去公园，放到地上，连地都会把它吓得一阵阵颤抖。真的，就是连条金鱼都没吃过。这样的咪，怎么能把那么大的鹦鹉……

可是就在这时，水绘蓦地想起了咪在家里时的情景。这么说起来，咪这段时间还确实是有点萎靡不振。不要说牛奶了，连拌了干鲣鱼的饭也一口不沾，就蹲在阳台上。你喊它一声"咪"，它嫌烦似的，只是把细细的眼睛张开一下，就再也不理不睬了。就仿佛在思索一件什么事情似的，纹丝不动。

（咪病了吗？真是吃了鹦鹉坏了肚子吗？）

可是就在这时，水绘脑子里又冒出了另外一个想法：

"可是，说不定是逃走了啊！说不定，自己，自己飞向了某个遥远的地方！"

是的。说不定，鹦鹉说不定是飞向了水绘姐姐住的那个遥远的国度。说不定，一直飞到了天上群星闪烁的地方。然而，这回是那个印度人在摇头了：

"它不会随便就飞向远方的。不是被谁吃了，就是被谁偷走了。"

印度人的眼睛里射出了光。那眼睛似乎在说：

不是你偷走了，就是你的猫吃掉了——

"那可是一只珍贵的鸟啊！没了它，以后，以后……"

印度人突然泣不成声了。然后，一双含泪的眼睛突然就愤愤地瞪住了水绘。

水绘不禁往后退了两三步。她以为印度人会扑过来抓她，就背对着门，一步一步地向自动门的地方退去。"咔嚓"，背后响起了自动门打开的声音。她一转身，调过头，就跳到外面跑了起来，跑得上气不接下气。

一边跑，水绘一边想，我再也不会、再也不会到那个地方去了，我不会再一次站到那扇自动门前了！

3

可是，在那之后还不到十天，水绘又一次来到了思达娥宝石店前面。

她脸色惨白，哽咽着抽动着身子。

自从那之后不久，咪就不见了。简直就像是被擦掉了一样，不知去向了。那天黄昏，水绘放学回家来，就没见到咪的影子。

"奇怪了，刚才还在阳台上哪！"

妈妈说道。水绘紧闭着嘴，冲出了家门，她问碰到的每一个人：

"认识我们家的咪吗？"

"看见白猫了吗？"

水绘问遍了在公寓的楼梯上、走廊里和电梯里碰到的每一个人，可所有的人都只是摇头。

夕阳西沉了，天上飘起了冷飕飕的雨丝，可是咪还是没有归来。第二天，第三天，依然没有归来。水绘呜咽着、呜咽着睡着了。从那以后，她每天晚上都梦见那个印度人。

在梦里，印度人总是抱着咪。他总是喂咪吃鹦鹉吃的东西，不是草籽，就是米粒或是树的种子。

"咪不吃这种东西哟！"听水绘这么一说，印度人露出了狡黠的微笑，他说："我不是在喂猫，我是在喂猫肚子里面的鹦鹉哪。"

（是那个人！）

半夜里水绘蓦地一下坐了起来。

（是那个人把咪藏了起来！为了替鹦鹉报仇，把咪给抓走啦！）

可是，那个人怎么会知道我们家……又是用了什么法子，把咪给引诱出来的呢……

窗帘的缝隙里，有一颗星闪烁了一下。就是在这一刹那间，水绘一下子明白过来，那个人，或许是印度的一位魔术师。要真是魔术师的话，不是不费吹灰之力，就能把锁在屋子里的猫给引诱出来了吧？就能神不知鬼不觉地把那只猫带走了吧？

一定要找回来！无论如何也要去把咪救回来……

战战兢兢地迈了一步，水绘走进了思达娥宝石店。她悄悄地朝里面窥去，目光从橡胶树的阴影一直移到了店中央。

宝石店里很空，只有一位年轻的店员在擦拭着玻璃柜子。悬在墙上的金色大挂钟，嘀嗒嘀嗒，一丝不苟地走着。

那个印度人不在。

水绘轻轻地吹了一声口哨。她是在呼唤咪，是打算呼唤不知被关在了店里的什么地方的咪。

怎么样呢？就在一个近在咫尺的地方，有猫叫了一声。"喵——"就一声，简直就像是做梦一样。

就在橡胶树后面一点点的地方。像是在撒娇，又像是在闹着玩

的声音。但这个声音确实是咪。

水绘迫不及待地绕到了那盆橡胶树的后面。就在橡胶树与墙壁之间那么一块窄窄的地方，她发现了一条通往地下的窄窄的楼梯，它张着四方形的大口，黑漆漆的。

她无法想象，如果走下去，会走到一个什么样的地方。猫的叫声，就是从它下面一个深深的地方传上来的，叫得很惨。水绘对着楼梯下面，低低地唤道："咪——"

可是，并不见咪上来。它的叫声更加凄惨了，听得出，它是在呼唤水绘。

水绘小心翼翼地在楼梯上迈了两三步。楼梯下黑漆漆一片，弥漫着一股淡淡的霉味，好像有一座谜一样的仓库深陷在地底下似的。

"咪，过来！"

就在这时，有一团白色的东西在下面深不可测的地方闪了一下。没错，是猫的形状。

只有咪自己。没有谁抓住它。既然这样，它为什么不上来呢？

"叫你过来哪！"

一边这样说，水绘又在楼梯上下了几步。可是咪也下了两三步，直瞪瞪地仰头望着水绘，简直就好像是在说：请跟我来。就这个样子，水绘跟在咪的后面，下到了相当深的地方。楼梯在一个小平台处改变了方向。下了二十级，又变了方向，再下二十级，又变了方向，就这样曲曲弯弯，没完没了地持续下去。咪的脚步渐渐加快了，很快，就像是从坡上滚下来的一个白球一般快了。不知不觉地，水绘跟在咪的后面忘我地追赶起来。

尽管如此，地下却什么也没有。没有房间，也没有仓库。楼梯

一级接一级地向下延伸。黑暗变得又细又浓,向地心长驱直入。

现在,水绘什么也不想,连那个让人害怕的印度人也抛到了脑后。只是跟在咪的后面紧追不舍,除此之外什么也顾不得想了。咪不时地会停下来,回过头,悄悄地仰头瞥水绘一眼。随后,便又像白球一样地滚下楼梯。

跑了有多远呢?已经下到了地下五十层了吧,正这样想着,咪突然停住了,望向这边,头一次发出了"喵"的一声叫。

两只眼睛,闪烁出黄玉一样的光芒。水绘追上去,总算、总算是把它抱了起来,她用脸贴住了它。咪大口大口地喘着热气。

"你藏到什么地方去了,我找你找得好辛苦!"

咪在水绘的怀里突然喊了起来:

"你好——"

是人的话。而且是鹦鹉的声音。

水绘吃了一惊,"咚"一声,不由自主地把猫掉到了脚下。

(果然是这样,真像印度人说的那样……)

水绘哆嗦起来,浑身上下起了一层鸡皮疙瘩。

（啊呀，讨厌讨厌，咪竟吃了鹦鹉。）

就在这时。

黑暗的深处倏地一亮。笔直的下方，看得见一片不可思议的白颜色的森林。那亮光，究竟是积雪的反光呢，还是怒放的樱花泛出的微光呢……

蓦地，水绘的心中有一盏灯点燃了。

（说不定，那里就是那个国度吧？夏子姐姐就等在那里吧？）

啊啊，一定是的。咪吃了鹦鹉，就拥有了鹦鹉的一种神奇的力量，把水绘引到了地下之国。

转眼之间，水绘的胸中就充满了一股闯入未知世界的喜悦。这种心情，还是前年夏天才有过。和爸爸妈妈一起去大海，面对奔涌而来的海浪，当三个人手拉手，在漫过来的水中奔跑时，那种快感……

水绘不顾一切地冲下楼梯，高兴地朝那片不可思议的光亮中奔去。

4

这是一片大森林。藤缠蔓绕，一株株老树遮天蔽日。树枝上开满了一簇簇白颜色的花……不，凑近一瞧，那竟不是花而是鸟。

天啊，是一群白色的鹦鹉。

森林中，栖满了白色的鹦鹉，简直就好像是点起了无数盏纸罩蜡灯。不论是哪一只鹦鹉，都悠闲地抖动着长长的尾巴，嘴里奇怪地自言自语着。比如什么：

"你好！"

"后来怎么样？"

"身体健康！"

还不只是这些。竖耳聆听，森林中是一个各种各样的语言的涡流了。有外国话，还有根本就听不明白的招呼声和断断续续的歌声。

每一株树下都坐着一个人，各人以各人的姿势侧耳倾听着自己那株树上的鹦鹉发出的声音。鹦鹉的数目，每株树上不一样。有的树上挤满了鹦鹉，数都数不清，也有的树上连一只鹦鹉都没有。没有鸟的树下面的人，一副落寞的样子。

咪在树与树之间熟练地穿行着，在一株树前，突然站住了。

那株树下坐着一个女孩。那女孩穿着一条带水珠图案的连衣裙，眺望着远方。

没错，是那个人哟！

"夏子姐姐！"

水绘激动得几乎热泪盈眶了，向姐姐的那株树扑去。

夏子姐姐有一头美丽的长发，侧面看上去，不知什么地方长得有点像妈妈。但怎么看，她都更像是一个小孩子，是水绘的妹妹。水绘稍稍迟疑了片刻，才恍若梦里似的点点头：啊啊，她是在比我还小的时候死的呀。

水绘在夏子姐姐的一边蹲下来。咪凑了过来，叫了一声：

"你好！"

夏子姐姐看见水绘，微微一笑，就好像是特地在这里等着水绘的到来似的。

水绘欢快地叫道：

"我,是你的妹妹啊!我叫水绘啊。"

"我知道啊。"

夏子姐姐开心地点了点头。

"你的故事,从爸爸的鹦鹉嘴里不知听过多少遍了。"

"爸爸的鹦鹉?"

水绘瞠目结舌地愣在那里了。这时,有一只白色的鹦鹉从黑暗遥远的彼岸飞了过来,落在了夏子姐姐的肩上。

接着,就"夏子、夏子"一迭声地叫了起来。

夏子姐姐把鹦鹉抱到膝头上,说:"这只鹦鹉,是妈妈的使者啊。"

水绘吃了一惊,夏子姐姐朝树枝上一指,欢快地说道:"顶上那只,是爸爸的使者;睡在那边树枝上的那只,是乡下爷爷的鹦鹉。它下面,看呀,就是这会儿转向对面的那一只,是奶奶的鹦鹉。这株树上的鸟,没有一只例外,全是另一个国度里思念我的人们的使者啊……"

"……"

水绘直到现在才知道,为了夏子姐姐,不管是爸爸还是妈妈,竟都偷偷地养着自己的鹦鹉。而且,竟都会让它们飞到这么深的地下的国度。

"妈妈的鹦鹉,每天都会飞到这里来。一天也没停止过。"

夏子姐姐说。

"不知道。会有这种事,我一点都不知道啊。"

水绘长长地叹了口气。这时,那个印度人的脸一下子浮现出来。

"鹦鹉呢?"他瞪着水绘问。

"那可是一只珍贵的鸟啊!"说这话时,他的眼睛都有点湿润了。

（那个人肯定是为了某一个人，才养了一只白鹦鹉的！是为了某一个自己最亲爱的、死了的人……然而，我的咪竟把那鹦鹉吞了……）

水绘悄悄地搜寻起咪的影子来。

咪就在身边的一根树枝上，沉沉地睡着。呼吸时，白白的肚皮一起一伏。鹦鹉们说累了，全都睡着了。

森林中明亮而寂静。

两人聊起了爸爸、妈妈的事情。随后，又摘来越橘的果实吃了，还玩起了树叶的扑克牌，小声唱起了歌。

"姐姐，你永远待在这里吗？就坐在这儿，听鹦鹉说话吗？"

当歌声中断时，水绘轻轻地问道。夏子姐姐摇摇头：

"一到时间，鹦鹉就全都回去了。鹦鹉一走，这里就会变得漆黑一片了。于是，在对面远远的一条黑暗的峡谷里，鬼就会点起火，狼就会嚎叫。然后，披着黑斗篷的风就会龇牙咧嘴地扑过来，把树枝摇得嘎吱嘎吱响。"

水绘被这突如其来的话吓住了，倒吸了一口冷气，望向远方。

这么一说，这片森林的对面，给人的感觉还真像是一个稀奇古怪的洞穴。耸耳细听，风从黑暗中刮来，"嗖——嗖——"宛如吹响了令人毛骨悚然的笛子。对面还传来乌鸦的叫声。

"鬼，会到这里来吗？"

水绘吓得战战兢兢，听她这么小声一问，夏子姐姐点了点头：

"是呀，常常来的呀。鬼最喜欢吃人的灵魂了，为了不让鬼近身，我们会集中在一个地方，唱起驱魔的歌。歌是用鹦鹉们捎来的话一字不漏串起来的，再谱上曲。我们一唱起歌，鬼呀狼呀，就全都落荒而逃了。"

"……"

当水绘知道这个国度要远比自己想象的阴森恐怖时，不知为什么，心中憋闷得有些透不过气来。

"我还以为是一个不知多么好的地方哪！百花盛开，以为是一个快乐无比的地方哪！"

想不到，夏子姐姐却慢慢地说出这样一番话来：

"是呀，你说的那样的地方，听人说，就在前方一个十分遥远的地方。就在漆黑的荒原和狼峡谷的另一侧，有一个真正的光芒四射的国度。那里有美丽的虞美人花田，有杏树林和蓝色的湖。"

"不能去那里吗？"

"去那里，要有人带路啊！要有一只能在黑暗中闪耀放光、率领我们前进的勇敢的鹦鹉啊！"

夏子姐姐"唉"地长叹了一声。接着，又嘀咕道，到今天为止，没有出现过一只这样的鹦鹉啊。夏子姐姐还在嘀咕着：一到时间，鹦鹉就一只不剩，全飞回它们的主人那里去了。能取代恶狼和鬼出没的道上的篝火、有勇气为我们带路的鹦鹉，一次都没有看见过啊！

水绘悲哀地朝树上的鹦鹉们望去。

这时，夏子姐姐突然把手伸直了，直指睡着了的咪。紧接着，她又出人意料地高声尖叫起来：

"喂，那只猫怎么样？"

完全没有想到她会说出这样的话来，水绘半晌发不出声音来了。血"呼"地一下涌上了脑袋，心中狂跳不已。

"那……那……不行哟……"

水绘直起身,跟跟跄跄地朝树跑去,好歹挤出了这样几句话:

"咪,是我的猫啊!没有了咪,我就回不了家了!"

太阳穴怦怦地跳个不停。

"咪!绝对不行哟,它根本就不会带路。"

水绘就这样扯着嗓子一遍遍地叫喊着,当注意到时,她和咪四周已经被人围得水泄不通了。

每一个人、每一个人,都指着咪,嘴里发出低沉的咒语一般的声音:

"那只猫怎么样?"

"那只猫怎么样?"

一片嗡嗡声。水绘哆哆嗦嗦地发起抖来:

"不行哟!咪完成不了这样的任务哟。"

可是顿时,四下里嘶哑的叫喊声连成了一片:

"请把那只猫给我们!"

"请给我们带路!"

"给我们!"

"给我们!"

……

可——怕!

水绘紧紧地抱住了咪。

恰巧在这个关头,一股风发出汉蒙德风琴一般的声音吹了过来。只见沉睡的鹦鹉全都醒了,拍动翅膀。一眨眼的工夫,鹦鹉们全都从树上飞舞跃起,排成一列,向上面攀升而去。看上去,这道闪耀着白光的线，就宛如是一条螺旋状的楼梯，一圈圈地旋转着，被吸进黑暗里不见了……

终于，周围黑得伸手不见五指了。只有水绘怀里的咪的轮廓还能分辨得出来。

"夏子姐姐！"

水绘试着呼唤了一声，没有人回应。相反，倒是传来了人们的合唱，是驱魔歌。

鬼在远处嘎嘎地笑着，红色的火焰一闪一闪地燃烧。

水绘急忙把咪放到地上，说：

"咪，回家吧！"

咪一下竖直了尾巴，那黄玉一般的眼睛一闪，望向了水绘。瞧呀，那是多么忠实的光芒啊！

咪跑了起来。水绘忘我地在后面追赶。

在汉蒙德风琴声一样的风中，咪和水绘箭一样地飞奔。

（快快！不快点，门就要关上了！）

不知为什么，水绘会想到这样的事上面。只要奔出了那扇连接在黑暗的国度与地上的境界线上的、谁也看不见的自动门，就没事了……

咪和水绘，不知爬过了几千级、几万级黑暗的楼梯。脚都不听使唤了，好几次都差一点摔倒。拼了命气喘吁吁地往上爬。

爸爸那温暖的手、妈妈做的面包、昨天买的玩偶、算术簿子……这些东西在水绘的脑子里闪烁发光。接着，在那之后，夏子姐姐那张苍白的脸，像一个苦涩的梦一般浮现了一下，就消失了。

5

　　回过神来时,水绘已经抱着咪站到了橡胶树的背后。

　　光晃得有点目眩,正是白天的思达娥宝石店。

　　"到什么地方去啦?"

　　突然,响起了一声低沉的询问。是那个印度人。他站在橡胶树的对面,仿佛就一直埋伏在这里似的。

　　"到什么地方去啦?"

　　印度人又问了一遍。

　　"唔、唔……就是这下面……白鹦鹉的森林……"

　　水绘语无伦次地回答。印度人朝咪一指:

　　"就是这只猫带的路吗?"

　　水绘微微点了点头。

　　"真是一只了不起的猫啊!发挥了鹦鹉和猫两方面的作用。"

　　印度人赞不绝口,竟笔直朝水绘身边走了过来。他一脸认真的神色,这样说道:

　　"这只猫,能借我用一下吗?我也想去一趟那个国度。"

　　水绘拼命地摇头。

　　于是,印度人恳求道:

　　"想去见一个人啊。"

　　听到这话,水绘不禁一惊:

　　"谁?想见谁?"

　　"……"

"说呀，叔叔，你是为了谁，才养了白鹦鹉啊？"

印度人嘟囔了一声：

"为了心爱的人……"

"妈妈？"

"不是。"

"姐姐？"

"那么是谁？谁呀？"

印度人的眼神变得梦一般迷离了，这样说：

"没看见吗？在那个国度里，没看见一个戴着金色耳环的印度女孩吗？"

水绘轻轻摇了摇头。

"身披纱丽，戴着红色的玻璃玉手镯，名字叫思达娥。"

"思达娥？不是和这家店同一个名字吗？"

"是啊。已经是过去的事情了，我的未婚妻已经死了十年了。"

印度人坐到了地板上，抱住了长长的腿。水绘一边拍着猫，一边也坐到了他的旁边。印度人取下戴在右手小指上的红色戒指，让水绘看。

"我想把这个送给思达娥啊！"

那是颗大得惊人的红宝石。

"还没有把戒指送给思达娥，她就死了。"

"……"

水绘还是第一次看见大人这样有一张悲伤的脸。

"这猫，可以借你一次。"

水绘轻声说。

印度人望着咪，好像有点晃眼似的。水绘把嘴凑到了咪那白色花蕊似的耳朵上："再去那里一次。把这个人，带到印度女孩的树下就行。"

她悄声说，然后，又用极轻极轻的声音加了一句：

"不过，咪，从那里再往前走可不行哟！谁求你也不行，一定要回来哟！"

咪一下子从地板上站了起来，仰头看了印度人一眼，轻轻地唤了声。接着，就慢慢地朝楼梯下走去。

"谢谢。"

印度人双眼闪烁着光辉，笑了，随后猛地站了起来，跟在猫的后面，向地下走去。长长的脚下发出"咚、咚、咚、咚"的声音。水绘就那么纹丝不动地坐在那里，听着那脚步声在地下渐渐远去。

从那以后，咪和印度人再也没有归来。

水绘每天都会到橡胶树的后面来，冲着昏暗的楼梯，唤她的咪。但，地下只有风的声音会"呼"地一下涌上来。

有时，混杂着风声，会听得见不可思议的脚步声与歌声，还有"思达娥、思达娥"的叫喊声，只是分不清是鹦鹉在叫，还是人在叫。

但是，终于有一天，连这样的声音也听不到了。是水绘十二岁的那一天，橡胶树后的楼梯消失得无影无踪了。

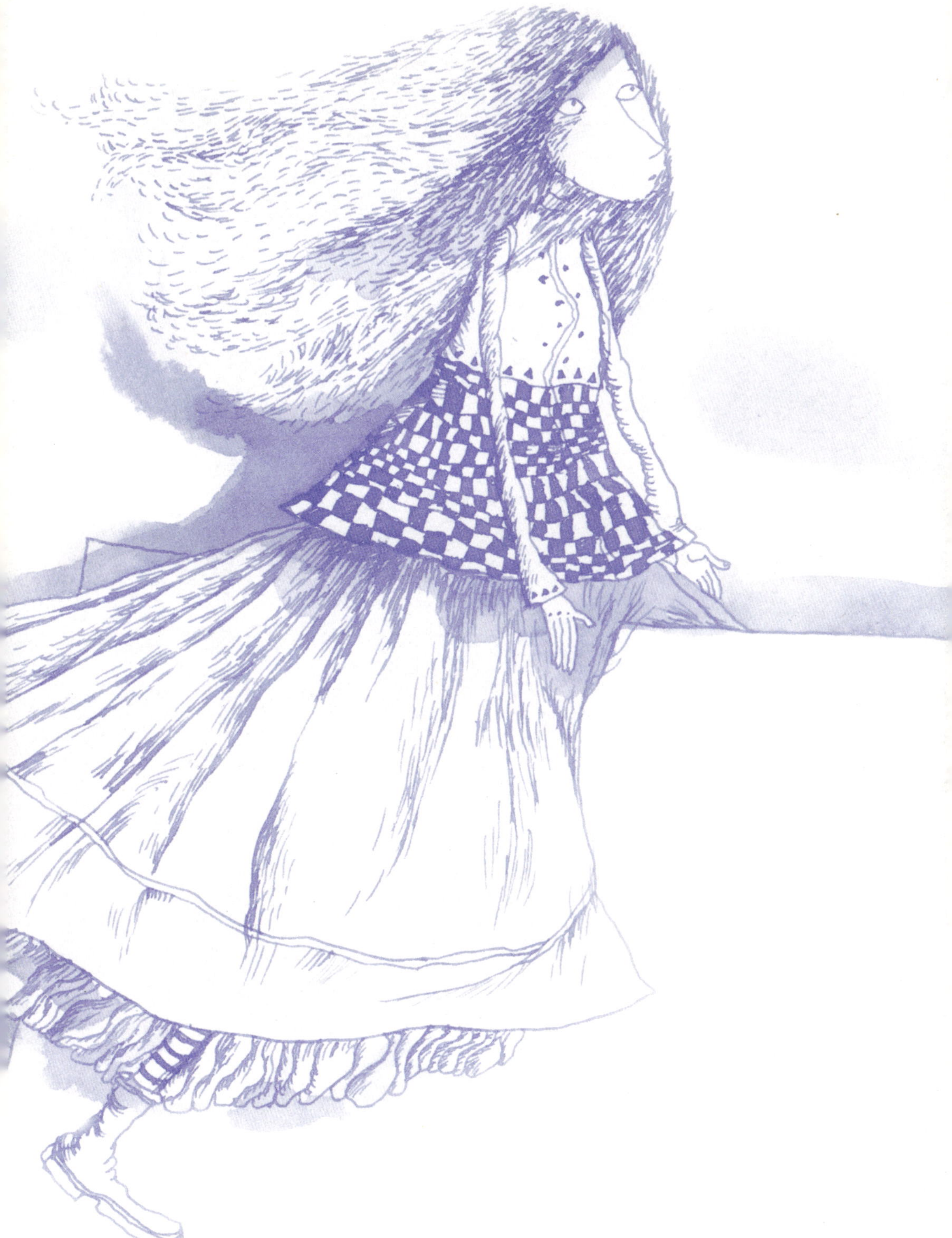

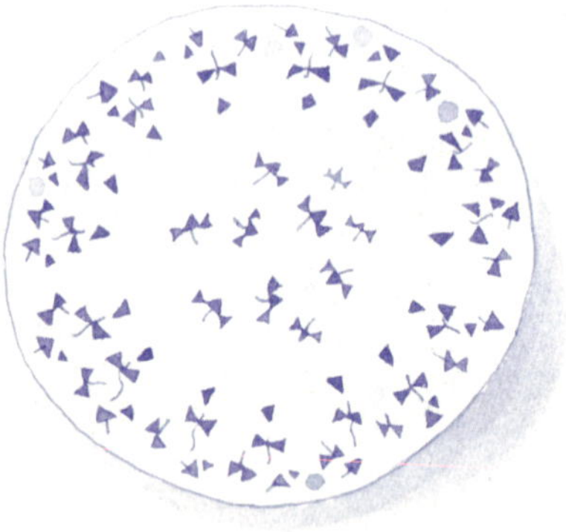

鹤之家

是鹤。
身边全都是美丽的丹顶鹤。
鹤们激烈地拍打着翅膀,
从厨房那大开着的窗口,
一只接着一只地飞上了天空。

1

是从前猎人长吉娶新娘子的那天晚上的事情。

那是一个秋天。

猎人伙伴们各自带来了酒呀肉呀什么的，祝贺了一番之后，只剩下长吉和媳妇两个人面对地炉了。这种时候，应该说一句什么逗乐的话才好，长吉一边想着，一边拨弄起地炉的灰来了。

新娘子的眼皮一下子红了，垂下头去。

就在这时，从开着一条缝的门外，"簌簌簌"，响起了脚踩在落叶上的声音。紧接着，就从门的窄缝里传来了一个声音：

"是来道喜的。"

是一个女人的声音。

（这个时候了，是谁呢……）

长吉和新娘子这才头一次对视了一眼。然后，长吉起身向门口走去。门外站着的，是一个身穿雪白和服、头上饰着红色山茶花的亭亭玉立的女人。

"是来道喜的。这是我真心的祝福……"

一边说，一边把一个扁扁圆圆的东西递到了长吉的手里。

"哎？"

长吉不由得双手接了过来，正想问一声你是谁，可是那个时候女人已经消失不见了。

"刚才是谁呀?"

新娘子靠了上来,用怀疑的声音问道,可长吉也猜不出来她是谁。

"啊呀,这样的女人,我从来也没有见过啊!穿着白色的和服,头发上插着红色的花……"

这时,长吉恍然大悟地闭上了嘴,脸上顿时失去了血色。

刚才那不会是鹤吧?不会是前几天误杀的那只丹顶鹤吧?长吉气喘吁吁地想。

就在三天前,长吉稀里糊涂地打下来一只禁猎的丹顶鹤。

一个人走在山道上的时候,从对面山峰的林子里,一只白色的大鸟轻轻地飞了出来,迎着旭日,飘飘悠悠地飞去。是一只只存在于幻想中的美丽的鸟。长吉立刻瞄准了,"砰"地就是一枪。当觉得打中了的那一瞬间,长吉的心头不由得一阵战栗。他觉得刚才打落的那只鸟,头顶上似乎有一个红冠。翅膀的尖端,似乎是黑色的。

(啊不,红是因为旭日。黑是影子。)

一边这样想着,长吉一边跑进林子里去捡猎物了。快要灭绝了的丹顶鹤,不可能偏偏就出现在这样的地方!他还这样说给自己听。

然而,当在林子里的落叶上看到那只被打落的鸟时,长吉的脸一下子变得面如土色,当场就瘫坐在了那里。毫无疑问,正是一只丹顶鹤。射杀这样珍贵而又美丽的鸟的人,是要被罚款的!

(不,说不定还不只是罚款呢,不是枪被没收,就是坐牢……)

长吉浑身哆嗦起来了。一边哆嗦，还一边想：幸亏今天是一个人来的。谁也不知道这件事，如果趁早把鹤藏起来，就什么事也没有了。

长吉心急火燎地就在那里挖起洞来了。他挖了一个深深的、深深的洞，飞快地把鹤埋了进去。

"真是对不起了！"

埋的时候，长吉把一朵山茶花悄悄地丢到了鹤的翅膀上。

然后，长吉就跑了起来。他扛着枪，"噔噔噔"地一个劲儿猛跑。一边跑，他还一边想：今天夜里要是下一场雪就好了。要是下一场厚厚的大雪，洞的痕迹就彻底消失掉了。

长吉对新来乍到的新娘子坦白了这个痛苦的秘密。

"对谁也不要说啊！"他叮嘱了一遍又一遍。新娘子把眼睛瞪得大大的，战战兢兢地低声说：

"可是刚才的那个女人，真的是鹤吗？"

"嗯，一定是。不管是长相也好，体形也好，说不出来就是有点怪怪的。那千真万确是一张鹤的脸啊！"

不过，刚才的那个女人却没有露出一点点憎恨的表情。不仅不憎恨，而且还登门来道喜，甚至带来了礼品。

两个人用煤油灯照亮了那个礼品，出神地眺望着。那是一个盘子。

是一个漂亮的蓝颜色的盘子，大大的圆圆的，没有任何图案。

"嘿，这究竟是用什么烧制出来的呢……"

长吉来回抚摸着光滑的盘子。新娘子也轻轻地摸了一下。那种蓝，是一种说不出来的美丽的颜色，比晴天的天空的颜色还要蓝。

是一种盯着看久了,仿佛会被吸进去的浓浓的颜色。

(死了的鹤,到底为了什么送我们这样一个东西……)

两个人战战兢兢地互相对视了一眼。

蓝色的大盘子,被收到了贫穷的猎人家的壁橱的最里面。一开始,两个人怎么也不肯使用这个盘子。他们觉得丹顶鹤在上面施了咒,看着就害怕。

但日子一天一天过去了,什么事也没发生,猎人的媳妇偶尔就想用一用它了。光润的天蓝色的盘子,不论盛什么,都会好看吧!她想,尤其要是盛上刚摘下来的水果,那看上去不知道该有多诱人了。

有一天,媳妇终于下决心把饭团摆在了蓝色的盘子上。接着,就禁不住"啊"的一声叫了起来。不过是麦饭上抹了点盐的饭团,可是往蓝色的盘子上一放,立刻就变得雪白,看上去芳香可口了。媳妇兴高采烈地把它用餐盘端了过去。

起先,长吉瞥见蓝色的盘子,还皱了皱眉头,可是一看到盘子上盛着的饭团,就忍不住"咕嘟"咽了一口唾沫,把手伸了过去。只吃了一口,长吉就叫道:"好吃!"

还是头一次觉得麦饭团这么好吃!麦饭的甜味和盐的味道,真是妙不可言,越嚼越香。

打那以后,两个人每天都用蓝色的盘子吃饭了。不管是什么样的食物,只要一盛到这个盘子里,就觉得好吃了。因为是贫穷的猎人,所以白天的那顿饭,有时不过就是蒸白薯。但两个人从来没有觉得不满足过。

就这样,自打用上这个蓝色的盘子以后,长吉胖了起来。腿也更有劲儿了,走起路来,比以前不知道要快上多少了。不用休息,一口气就能爬到山峰上的林子里。枪法也更准了,成为了一个了不起的神枪手。一旦被长吉瞄准上了,绝对逃不了。长吉的猎物多了起来。盖了大房子,还建起了仓库。后来,长吉家竟一连生下了八个儿子。

"哎呀,没有想到,这竟是一个幸运的盘子啊!"

长吉对媳妇低声嘀咕道。

八个儿子,眼看着长大成人了。

什么事情也没有发生,日子一天天地过去了。

接下来,当儿子们也都各自娶了媳妇,还生下了好几个孙子的时候,长吉因为一点小病,突然死掉了。

2

好了,就从那个时候起,怪事发生了。

长吉死的那天,那个蓝色的盘子的正当中,突然浮现出一只鹤的图案。那是一只丹顶鹤,张着美丽的大翅膀,向着东方,悠然自得地飞去的样子。向着东方——是的,长吉媳妇的确是看出来了。尽管盘子放的位置不同,鹤飞翔的方向也就不同,可是鹤头顶上的那个鲜红色的冠,却像被旭日映红了似的。从前,长吉就说过,他在山峰的林子里打下来的那只丹顶鹤,就是正向着旭日飞去的。现在已经成为了老奶奶的长吉的媳妇,每天就这样一个人瞅着那只鹤的图案,过着日子。渐渐地,她就把它当成自己的丈夫长吉了。因为那只鹤的图,是长吉死后,简直就像是剪影画一样浮上来的。

(是的,这就是他的灵魂呀!)

老奶奶这样一想,就想道:这盘子果然不是一个普通的盘子!她想把这事马上就讲给儿子们听,可又突然想道:

(如果对家里人说起这事,那就不得不把从前长吉杀过丹顶鹤的事抖出来了!)

就把话头打住了。

老奶奶回忆起自己嫁到长吉家的那个晚上,长吉毫不隐瞒地告诉了她那个秘密,一遍又一遍地叮嘱她道:"对谁也不要说啊!"是呀,这是我们两个人的秘密啊!蓦地,老奶奶的心里一下子涌起一股异样的甜蜜,她瞅着那个盘子,越发亲切了。

这一带,已经有好几十年没有见到丹顶鹤的身影了。也许从前长吉打下来的那只丹顶鹤,是残存下来的最后一只丹顶鹤吧?也许是那只鹤把长吉的灵魂变成了一只鹤,嵌进了盘子里,代替了他的生命。

老奶奶对着盘子里的鹤,轻轻地呼唤道:

"他爹哟——"

从那以后,为了不让别人察觉这件事情,她就一个人把厨房的活儿都揽了下来。特别是用那个大盘子盛菜,那必定是老奶奶的任务。一盛上食物,盘子上的鹤就被彻底地掩盖掉了。吃完饭,老奶奶又会先把那个大盘子洗干净,收到壁橱里。

不久,老奶奶的三个儿子就上了战场。

出发的时候,他们一个个意气风发,因为是猎人的儿子,不用说，个个都是神枪手，而且又有胆量、身体又好，一定能立下战功。

然而，去了遥远的外国的儿子们，到了第二年，突然就杳无音信了。三个人一起没了音信。

"出了什么事呢？"

时不时地，年迈的母亲和三个儿媳妇就会不安地唠叨一阵子。到最后，她们便索性默认了：没有音信，就是最好的音信。

这样有一天，老奶奶无意中把那个盘子取了出来。只瞥了一眼，她就吃惊得喘不过气来了。

盘子里鹤的图案，一下子增多了，一共有四只鹤了。就在长吉那只鹤的后面，紧跟着三只排成了一列飞翔着的鹤。

老奶奶抱着盘子，跌坐到了厨房的地上，突然发出了笛子一样的尖叫声。接着，就一个接一个地叫起了儿子的名字，号啕大哭起来。其他的儿子儿媳妇，还有孙子们连忙跑了过来，问她发生了什么事。老奶奶指着盘子上的一只只的鹤，一遍又一遍地说：

"他们全死了，他们全死了。"

家里人还以为老奶奶的心情突然不好了。

随后不久，三个儿子战死的消息就送到了家里。

即便是这样，也没有任何一个人发现盘子的秘密，日子一天天过去了。

不过，这个大家族里终于有一个孩子，察觉到了鹤的图案。

是曾孙女春子。春子从小的时候起，就受到了曾祖母的疼爱，老奶奶洗盘子的时候，她总是在一旁帮忙。老奶奶格外爱惜这个盘子。只有这个盘子洗完之后，会再细致入微地揩上一遍。而且，在收到壁橱里之前，春子还看到，老奶奶还会"一、二、三"地轻声数一遍盘子上鹤的数目。

春子懂事的时候，鹤还只有十来只。但到了她上学的时候，不知为什么，就觉得多了起来。

"老奶奶，这个盘子里的图案，原来就是这样的吗？"

一天，当春子这样问过之后，老奶奶用含混的声音应道：

"啊啊，是呀。"

"可是，我怎么觉得多了起来呢？这只小小的，原来就在上面吗？"

啪，春子弹了盘子边上那只幼鹤一下。想不到老奶奶抓住了春子的手，一张脸变得十分可怕。

"住手！那只小的，不是你的弟弟吗？"

"……"

春子吃了一惊。春子四岁的弟弟去年因为吃青梅,死了。

"为什么?为什么这是弟弟?"

春子兴致勃勃地追问道。

老奶奶摇了摇头,一边眨巴着眼睛,一边嘟囔道:"不,因为是一只可爱的小鹤,和死了的小男孩有点像……"说完,就一声不吭地擦起了盘子。

春子真正知道了盘子的秘密,还是在这位曾祖母死的时候。老奶奶是九十多岁的时候死的。

于是,在领头的那只长吉的鹤的下方,突然浮现出一只老奶奶的鹤来。春子抚摩着那只新的鹤,一边抽泣起来:

"老奶奶、老奶奶……"

老奶奶的鹤和长吉一齐振翅飞翔着。静静地、婀娜地、幸福地飞翔着。

老奶奶死了以后,盘子图案的怪事仍然不断。

家族里头,只要死了一个人,盘子上鹤的个数,就会增加一个。

大的鹤也罢,小的鹤也罢,都是从嘴到脚,伸展成了一条直线,向东、向东飞去。不过,与以往一样,发现了这些图案的,还是只有春子一个人。盘子上的鹤,迅速地增多了,多得已经快要数不过来了。飞向远方的鹤头上的红冠,只剩一个小小的点了。翅膀都变成了细细的线,如果不好好地、好好地盯着看,都没法数了。

实际上,长吉一家这十几年来,遭遇了相当多的不幸。

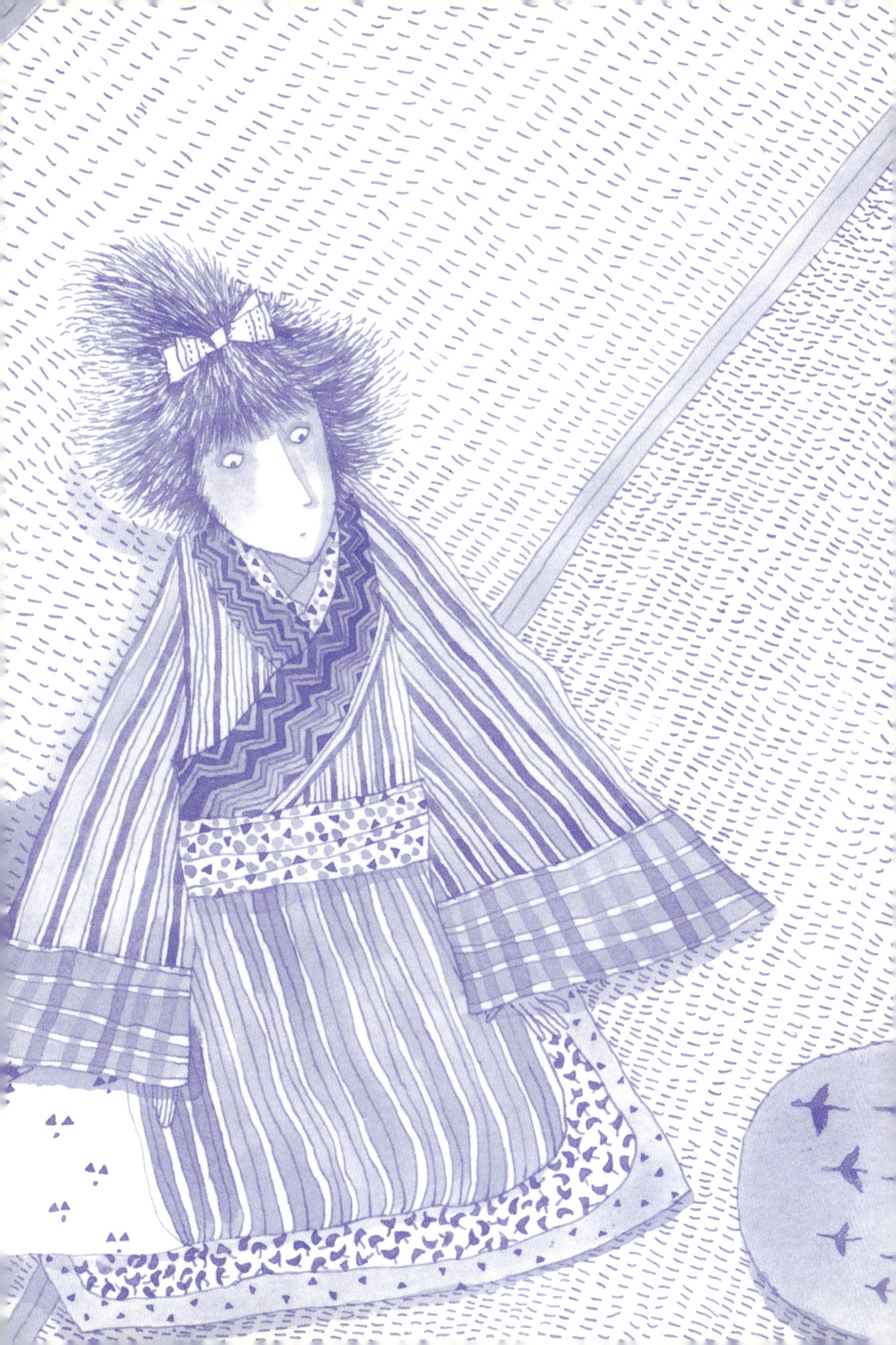

"那户人家,接二连三地死人呢!"

村人们嘀咕着。

3

春子今年十九岁了,白白胖胖的,眉眼长得十分像曾祖母。

可是,现在这个女孩只是一个人生活在老房子里。没有父母,也没有兄弟。曾经那么繁荣的长吉的子孙,有的死于战争,有的死于疾病,有的去了大都会就再也没有归来,最后仅剩下了一个人,就是春子。

去年,一直卧床不起的妈妈死了之后,春子就在家四周的梯田里种了葱、卷心菜,开始了一个人的生活。

即使为许多不幸哭泣之后,这个女孩依然乐观。再说,她又是那么的年轻。还有,春子的大喜之日就要来了。

就要有女婿上门来了。是同村一户农家的儿子。这个肯到无依无靠的春子家里来的年轻人,是一个健康而又心地善良的人。

举行结婚仪式的那天早上,春子坐在又暗又大的厨房里,悄悄地瞅着那个盘子。现在,春子的骨肉亲人就只剩下盘子里的鹤了。

春子还记得十分清楚,谁死了的时候,多了哪只鹤。春子指着一只一只自己知道的鹤,悄悄地叫着名字。这是妈妈,这是爸爸,这是曾祖母……这时,春子有一种感觉,仿佛自己也被吸进了这个盘子里,她不由得一阵头晕。她仿佛觉得,鹤的拍打翅膀声、鸣叫声从盘子里头涌了出来。

"哇啊……"春子禁不住用两手捂住了耳朵。

就在这时，盘子掉到了地上，一声巨响，跌碎了。

春子一瞬间闭上了眼睛。然后，当她哆哆嗦嗦地把眼睛睁开时，脚边确确实实地响起了鸟拍打翅膀的声音。

是鹤。身边全都是美丽的丹顶鹤。

鹤们激烈地拍打着翅膀，从厨房那大开着的窗口，一只接着一只地飞上了天空。数目与盘子里的鹤的数目，完全一致。

天空是一个蓝蓝的晴天。

鹤群排着与盘子上的图案同样的队形，向东飞去。向着山峰的林子慢慢地飞去。

——丹顶鹤来啦——

——好久不见一只的丹顶鹤，成群结队地来啦——

这个话题，立刻就让村子沸腾了。婚礼那天的早上，丹顶鹤成群结队地飞来了这件事，简直让村人像看到奇迹一样吃惊。

"春子，那是幸运的兆头啊！"

"这家是鹤之家啊！一定会兴旺起来的啊！"

村人们纷纷口耳相传。春子一边点头，一边想，盘子里的鹤，果然是一条一条的命啊！爸爸和妈妈，还有先祖们，全都是在为我的结婚祝福哪！

直到现在，春子还珍爱地保留着那时散落在厨房里的蓝色的陶瓷碎片。如果把那些碎片拼起来，就成了一个蓝色的盘子的形状。没有任何图案的一个天蓝色的盘子。

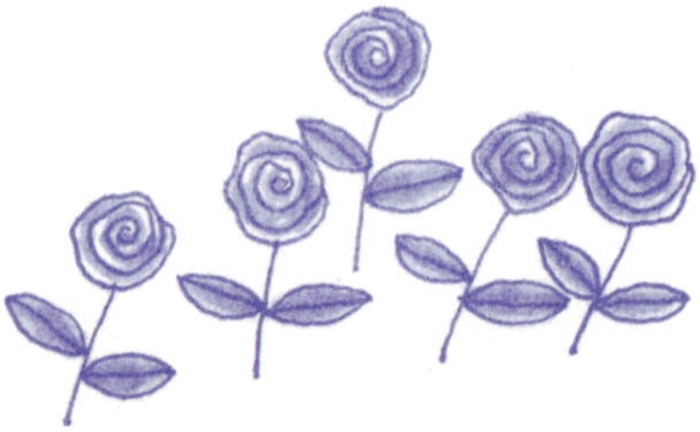

野玫瑰的帽子

雪子教给我这样一个可爱的魔法。
手掌上盛满花瓣,然后猛地吹一口气⋯
「你看,这样一来,
不就形成了一场小小的花的暴风雪吗?
趁它们还没有落地,赶快许个愿。」

> 女儿雪子特别盼着老师的到来。当天，会去公共汽车站接您。不过，为了以防万一，还是画上一幅简单的地图。

我一只手拿着这样的明信片，寻找起中原家的山庄来了。

下了公共汽车，谁也没有来接我，结果，我只能凭借着这张"简单的地图"，边走边找了。可是，这幅地图不正确到令人目瞪口呆的地步。从公共汽车站到冷杉树，不过是一段眼睛到鼻子的距离，可它画得好像比火车的一站路还要长。而遥远的那一头的一个拐角，却画得似乎只有两三步远。照这样子，我要走多远，才能走到山庄呢？我心里连一点谱也没有。写这张明信片的人，究竟是一种什么样的感觉呢？从刚才起，我就有点火大了。

那山庄里住的，是这个夏天我要教的一个名叫中原雪子的少女，还有她的妈妈。

住到山里的别墅去当家庭教师——当别人把这项工作介绍给我时，我真是高兴得几乎要蹦起来了。我想，这可太好了。要教的孩子，已经是个中学生了，不会太累。而且还给三顿饭，据说津贴也是一笔不小的数目。我把想要读的书塞满了背囊，还带了写生簿和吉他。尽管我不止一次地对自己说，不是去玩的哟，可我还是把口哨吹个不停。啊啊，有多少年没去过山里了？

然而，当公共汽车把我一个人丢在这山中的车站急速远去的时候，特别是当我发觉这里一个人也没有的时候，我一下子不安起来。

时间是午后的三点。风吹得树叶沙沙作响，大白天的山里静得让人难以置信。

我在公共汽车站等了一会儿，不见有人来迎接，就照着地图，一个人慢吞吞地走了起来。走走停停，走几步又歪过脑袋想想，好歹算是走到了地图上画着的那片杂树林。林子里，像地图上画的那样，有一条细细的小道穿了过去。我松了口气，上了小道。

就在这时，右手边林子的深处有个人影一闪而过。

（咦呀！）

我凝目看去。

怎么看，都像是一个孩子。提着个大篮子，看样子已经习惯了，摇摇晃晃地走着。那样子像是被打发去买东西了，正慢吞吞地往回走。不久，那身影就奔出了林子，突然出现在距离我大约三十米远的前方。随后，便飞快地往对面走去。

是个戴着一顶大帽子的少女。

一看到她的背影，我几乎要忍不住笑出声来了。

（这不像是帽子在走路吗？）

少女的草帽简直是大得有点离谱了，帽檐上装饰着一朵朵白色的花。不，与其说装饰着，不如说是插满了一朵朵白色的花。就像南国狂欢节的帽子。

那花全是野玫瑰。

插满了野玫瑰的帽子下面，两根长辫子，光溜溜的，一直垂到了腰那里。从劳动布裤子和白短袜之间，看得见她细细的脚踝。大概是个都市里的少女吧。年龄呢，十三还是十四……就在这时，我恍然大悟：

（这大概就是中原雪子吧！）

我急忙朝地图上瞅去，在这一条道的尽头，应该就是中原家。因为是一张不准确的地图，距离吗，看不出来还有多远。不过不管怎么说，山庄就在这片林子的尽头，是不会错的。

（这么说，她果真是雪子了，那我跟在她后面就行啦）—— 冒出来这么一位美丽的向导女孩，我快乐地想。

少女和我的距离，还是三十米。少女好像丝毫也没有发现我跟在后面，仍然急急忙忙地走着。从竹编的方篮子里，露出来好多青苹果。雪子大概是被妈妈打发去买东西的吧？妈妈一定是说过了，老师今天就要来了，去多买点水果吧！我真想快点坐在山庄的阳台上吃那些苹果了。

不过，我也许应该在这里招呼少女一声。

但是，不知是怎么回事，我竟一反常态地胆怯起来了。不过就是招呼一声这么一件微不足道的小事，至少是今天，我却像是需要不得了的勇气似的。虽说如果少女扭过头来，我只要微微一笑，"嗨"上一声就行了。

"你是中原雪子吧？"轻快地打个招呼就行——

少女根本就不回头。只是笔直向前，简直就像是军队在行军似的，大步流星地往前面走去。

我想象起雪子的相貌来了。

戴着花饰的帽子，白白的皮肤，大大的黑眼珠，一幅有点类似洛朗森的画的少女像在我的心里浮现上来。

可不管怎么说，山庄也远得有点离谱了啊！这一带，本该是快看得见漂亮的红屋顶了，然而湿漉漉的林子里的这条小道，却走啊，走啊，怎么走也走不完。

我很快就焦躁起来了，稍稍加快了脚步。

于是，不知为什么，少女的脚步也快了起来。我再快一点，少女也再快一点。

嗒、嗒、嗒、嗒……两个人的脚步声响了起来。

明摆着的，少女已经意识到我跟在后面了！也许说不定早就发现我了。尽管如此，她却连一次头也不肯回，好一个害羞的孩子啊！

渐渐地，小道变得又窄又险了。我不是被蔓草绊住了脚，险些摔倒，就是被小鸟尖锐的叫声吓了一大跳。

（这种地方，会有山庄吗？）

我蓦地想到。直到这个时候，我才开始醒悟过来，这个人也许不是中原雪子。我也许是胡乱认错人了，跟在一个陌生人后面追了这么久。

我终于扯着嗓子喊了起来：

"啊……喂喂！"

我这么一喊不要紧，突然，少女竟猛地跑了起来。篮子里的青苹果，两个三个，骨碌骨碌地滚落到了地上。少女简直就像是一只被猎狗追赶的兔子，只是发疯了一样地狂逃。

我一下惊呆了。不过，我马上也跑了起来。

"用不着害怕呀——喂喂！"

我大声地喊着，朝少女追去。

"喂——我只是想问一问路呀——"

但是，眼看着，我和少女之间的距离被拉开了。羊肠小道的尽头，野玫瑰的帽子成了一个小小的点。白色的帽子，看上去就宛如

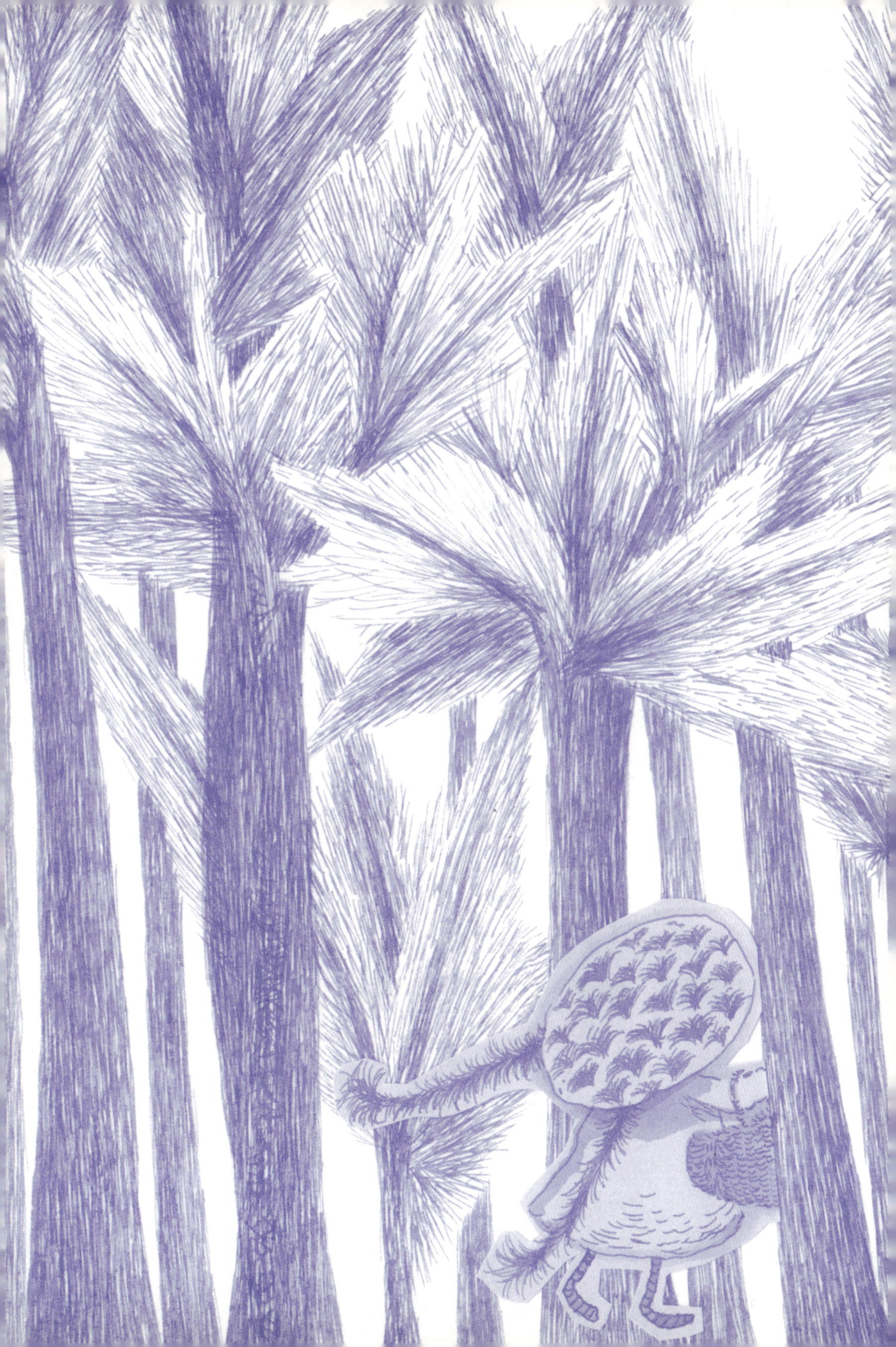

是一只林间的蝴蝶,飘飘悠悠地飞远了。

"真没办法!"

我站住了,喘着大气。

可我只能去追少女。公共汽车站是回不去了,因为太阳已经西斜了。我不能待在这种地方过夜。只要跟在那个孩子后面,山中小屋也好,烧炭小屋也好,不管怎么说,肯定能走到一个有人的地方。我跌跌撞撞地迈开了步伐。

又看见野玫瑰的帽子了。远远地、远远地,看上去像是一个小白点。

(我又要开始追啦!)

我加快了脚步。

可是追了一会儿,那个白点一下子模糊不清了,成了两个。

(……)

我揉了揉眼睛。

这下白点成了三个。

(怪、怪了!)

我站在那里,凝目望去,这回成了四个、五个、六个……

我忍不住奔了过去。我想,这一定是一大群戴着野玫瑰帽子的少女,突然从什么地方钻了出来。

我愈接近,帽子的数量愈多。我已经眼花缭乱了。

"嗨,雪子——"

一边奔,我一边大声地喊了起来。

可是一眨眼的工夫,我的前方变成了一片白色的野玫瑰的花海。

……

不知什么时候,我误入了野玫瑰的树林。

这里,连一个戴帽子的少女也没有。

静极了。我闻到了一股甜甜的花香。如果说活的东西,就只有我一个了……这时,我突然听到了这样一个声音:

"妈妈,吓死我了。不知是谁从后面追过来了呀!"

我朝四周扫了一圈。我听出来了,那个声音,是从我边上的一片浓密的树丛里传出来的。我正想钻进去,可马上就被玫瑰的刺钩住了,划出了一道道的口子。

这时,从树丛里头传出了这样的对话:

"那是一个什么样的人?拿着枪吗?"

"不知道。我一次也没回头。"

不知为什么,我有了一种奇怪的感觉。

我凝目向玫瑰的树丛里望去。于是……透过好几层叠在一起的叶子,我看到了白色的活的东西。还在动。两匹。

(是鹿!)

我顿时就明白过来了。是两匹白色的雌鹿——大概一匹是母鹿,一匹是它的女儿。鹿女儿的头上,孤零零地扣着野玫瑰的帽子。

我仿佛看到了幻觉。

这时,母鹿的眼睛与我的眼睛"啪"地相遇到了一起。它说:

"谁呀?"

鹿确实是这样说的。一瞬间,我说不出话来了,只是睁大了眼睛,喘着粗气。于是,母鹿又问了一遍:

"谁呀？"

声音里透着一种凛然。不愧为鹿，这种动物连态度都是这么的庄严。我是彻底地张口结舌了。

"啊……我是家庭教师，我迷路了……"

母鹿想了想，问我：

"家庭教师，是不是就是常说的老师呢？"

"唔，就算是吧。"

"是吗？那么正好。"

"啊？"

听我木然地这么一问，母鹿慢慢地说：

"那么，能顺便教一教我的女儿吗？"

我一听就慌了。

"不不，我怎么教得了鹿的女儿！再说，我现在还必须赶到中原家去。"

然而，鹿夫人实在是热心不过：

"求您了，只要两三天，不不，一天、半天就行。请大致上教一教这个孩子。完事之后，我一定会厚礼相谢的。"

"厚礼？"

我有点心动了。

"你能给我什么呢？"

母鹿用一种郑重的声音说道：

"我教你帽子的魔法吧！"

哈，我明白了。

（原来是这么一回事啊。那个鹿女儿方才就是戴了顶野玫瑰的帽子,变成了一个少女。可我要是戴上了那顶帽子,会变成什么呢?)

我一下子兴奋起来。

"那好吧,就让我当一会儿家庭教师吧!不过,我教些什么才好呢?"

母鹿慢慢地说:

"就教教读写和计算,还有一般众所周知的常识吧。"

"常识?"

我扑闪扑闪地眨巴着眼睛。

"是的。比方说,寒暄话的说法、迎客的方法、写信的方法、请人吃饭的方法、赠送礼物的方法……还有……"

我有点烦了,中途打断了它的话:

"我觉得,鹿没有必要记住这些东西。"

想不到,母鹿放低了声音,嘟囔了一声:

"不,这孩子,马上就要成为人的新娘子了。"

"……"

"我一开始就不该教这孩子帽子的魔法啊!这孩子戴着野玫瑰的帽子,变成人的样子,漫山遍野地到处跑。没多久,就和猎人的儿子好了起来。这不,马上就要举行婚礼了。"

"是这样啊。"

我一脸认真地点了点头。母鹿继续说:

"我们虽然叫鹿,但又被叫作白雪,这是一种高贵的出身。从前,这山里还有好多伙伴,但被野狗追的追、被人杀的杀,如今只剩下两匹了。我们是最后的白雪。我们之所以藏在这个地方,是因为玫瑰的刺在保护着我们。"

"是这样啊，原来是野玫瑰的堡垒！别说，不注意还真闯不进去呢。不过，可以让我进去吗？"

"当然。请绕到背面去。背面有一个一棵玫瑰树大小的缝隙，请从那里钻进来。"

我点点头，从树丛边上绕了过去。正好在相反的一边，有一个窄窄的缝隙，那就是入口。我从那里钻了进去。

树丛的中央是空的。玫瑰树围成了一个圆圈，当中有一座房子大小的空间。两匹雪白雪白的鹿，直挺挺地站在那里。

"哇……"

我眯缝起了眼睛。倏地，我觉得自己仿佛飞进了一幅年代久远的油画里。

现在回想起来，那个时候，我已经被白鹿施了魔法了吧？为什么这么说呢，因为那个时候我已经彻底地忘记了中原的山庄。而且，我觉得这鹿的女儿就是雪子，自己从东京远道而来，就是来做鹿的家庭教师的。

鹿的雪子有一双水灵灵的大眼睛。相比之下，鹿妈妈的眼睛里更多的是冰冷，多少让人有点担忧，不过，我想，那是对心爱的女儿即将成为人的新娘子的一种悲叹吧。

我坐到了草地上，吃起青苹果来，也许是饿了吧，我一口气连吃了五个。

自那以后，我究竟和鹿待在一起度过了多长的时间？我究竟靠吃什么才活了下来呢？这些事，我怎么也回忆不起来了。

背囊里，我塞满了各种各样的东西。好几册学习参考书、少男少女的读物、植物图鉴、地图册、吉他的乐谱、写生簿和绘画的工具、谜语书和九连环。这些东西，全部都派上了用场。

像教人一样，教一个对人世一无所知的鹿的女儿，我费了不少心血，不过雪子的记忆力过人，通常的读写和计算，一下子就学会了。

有时候——当母鹿外出不在家的时候，我会向雪子询问一些关于她的"婚约者"的情况。

"他到底是个什么样的人呢？"

我这么一问，雪子的白耳朵就会突然一抽，欢快地回答我："是个像拂晓时分的月亮一样的人。"

然后，她呆呆地眺望着远方，继续说："第一次见到他，是在我去看爸爸回来的路上。"

"啊，你有爸爸？"

"是啊。我爸爸在村小学的理科教室里。爸爸有一头漂亮的鹿角，玻璃的眼珠，就那么一直站着。不过，爸爸一句话也不说，也不呼吸。尽管这样，可我还总是变成人的模样，去看爸爸。我就是在回家的路上，与他不期而遇的。因为雾太浓了，鼻子都快碰到一起了，也没有发现。我吃惊得都快要跳起来了。只差那么一点点，帽子就掉到地上了。他突然开了口：

"'——你在这一带看到猎人了吗？——'

"我不说话。于是，他一口气地说了下去：

"'——没遇到一个穿皮上装的男人吗？是我的父亲。出去打猎，就再也没有回来过——'

"那一刻，不知为什么，他的眼睛特别亮，我怕了，向后退了几步。于是，他突然笑了起来：

"'——不用怕呀——'他说。我不知怎么搞的，害羞得要命，说了声：

"'——去找呀——'就咚咚地跑开了。可是，他那张笑脸却永远留在了我的心里，不知为什么，我竟会痛苦不堪……

"再见到他的时候，我问：

"'——找到你父亲了吗？'——听我这么一问，他悲伤地摇了摇头：

"'——慢慢找吧——'他说。他抽起烟来。一股好闻的气味。打那以后，我们常常在山里约会。一开始，我还只不过是打算戏弄戏弄人。可到最后，等我清醒过来了，好了，已经答应嫁给人家了……"

呵呵呵，雪子破涕为笑。

"这么说，他还不知道这个藏身之处了？"

雪子点了点头。

"他也不知道你是鹿了？"

雪子又点了点头。

"可是，能一直隐瞒下去吗？就算戴上野玫瑰的帽子，变成人的模样嫁了过去，也总有一天会原形败露的啊！"

"没关系。"

雪子回答得十分干脆。

"妈妈会用一种特别的魔法，把我完全变成一个人。"

"嗬，你妈妈真是了不起的鹿啊！"

"是的。虽然白鹿全都拥有魔力，但妈妈的魔力格外强大。所以，我们才会活到今天。"

说完了这句话，雪子突然压低了声音，说出这样的话来：

"不过呀，老师，您还是不要去想魔法的好。连试一下魔法，都绝对不能去想啊！"

雪子的声音是非常认真的。

"为什么呢？"

"为什么……"

可就在这时，雪子闭上了嘴。母鹿悄无声息地回来了。然后，一张严峻得可怕的脸，死死地盯住了雪子。

随后，我教起雪子打电话的方法、寒暄话的说法来。还把蕺菜的叶子能做成治疗疖子的药，万一感冒了，喝口加了蛋黄和砂糖的酒就会好了的事，也统统教给了她。作为答谢，雪子教给我这样一个可爱的魔法。手掌上盛满花瓣，然后猛地吹一口气：

"你看，这样一来，不就形成了一场小小的花的暴风雪吗？趁它们还没有落地，赶快许个愿。如果赶在花瓣一片不剩地落到地面之前说出来，那个愿望就一定会实现。我总是许愿能成为一个好的新娘子。"

后来有一天，雪子终于要嫁到人类的村子里去了。代替帽子的是，头发上插满了野玫瑰，绝对再也不会变回到鹿了，美丽的新娘子打扮的雪子，一闪身，从玫瑰的堡垒里钻了出去，走了。

只剩下我和母鹿两个了。

母鹿用与往常一样彬彬有礼的口吻说：

"您受累了。"它的眼睛，像玻璃一样。在这一刹那，这匹鹿的配偶的形象在我的脑子里一闪而过。村中的小学里，成了剥制标本的雄鹿的玻璃眼珠……想到这里，我竟起了一身的鸡皮疙瘩。我突然就想下山了。

"我要回去了……"

一边说，我一边拽起自己的背囊，向出口处走去。可就在这个时候，背后传来了母鹿凛然的声音：

"那么，让我来教你帽子的魔法吧！"

这让我心惊肉跳起来。

"我不想学魔法了。我已经看得够多了。"

我拒绝道。但是，母鹿摇了摇头：

"不行。一开始我们就说好了。您不戴上那顶帽子，我会觉得对不起您的。"

真的是这样吗？我想。不过，我转而又想，如果现在学会一招简单的魔法，以后倒也方便了。

野玫瑰的帽子，就扔在我的脚边上。我弯下腰，把它捡了起来。

"那么，请把帽子戴上吧。"母鹿说。我轻轻地把帽子戴到了头上。

母鹿在我的前面跑来跑去，念起了咒语。长长的咒语。

我被一股甜甜的野玫瑰的花香包围了，就那么站着，竟昏昏沉沉地睡着了。

……

啾啾啾，肩头响起了一阵小鸟的啁啾声，我一下睁开了眼睛。

白鹿一动不动地卧在我的面前。玫瑰的叶子，泛着晃眼的亮光，摇曳着。周围和先前没有任何的不同。我想伸开手臂，打一个哈欠，不想却吃了一惊。自己的身子变得异常地坚硬了。简直就像是棒子一样。

我想说句什么，却发不出声音来了。想扭动一下身子，也扭不动了——

啊呀，我变成了玫瑰树啦！

被变成了一棵正好堵住了堡垒出口的树。

"好了，这下您也变成了一棵守护鹿的野玫瑰了。"母鹿肃穆地说道。

然后，就开始了长长的、长长的唠叨——

"您以为我骗了您吧？可您知道人是怎样欺骗鹿的吗？他们是用鹿笛来引鹿上当受骗的。

"因为鹿笛能模仿出雌鹿的叫声，秋天的晚上，一听到它的声音，长着漂亮鹿角的年轻的鹿们，就会信步走进月光中。随后，它们就遭到了杀身之祸。我的父亲是这样，哥哥、表兄、配偶也全都是这样。人就是这样欺骗鹿的。

"为了一次能捕捉到更多的鹿，人们会纠集成一大群，把山团团围住。女人、孩子，甚至连狗也加入了猎人的队伍当中。他们组成一个巨大的半圆，把鹿群追得无处可逃。

"这样的事，发生过好几次。那么多的鹿，从山道上冲过去时，就宛如是一阵白色的疾风。人们尖叫着，在后面紧追不舍。我们白雪的伙伴，就这样急剧地减少了。

"是什么时候的事了？也是被追得走投无路的时候吧，为了守护女儿和自己，我使用了一直秘藏在身的魔法。我把那些将我们团团围住的人们,一个不剩,全都变成了野玫瑰。从那以后,我们就隐居在里面了。这里的这些野玫瑰,全部都是那时候的人。不只是猎人,还有村子里的男人、女人和孩子。就是现在,也常常会有家人来寻找这些下落不明的人。

"这就是我对人的最大的报复。"

我因为惊恐,浑身哆嗦起来了。一边哆嗦,一边这样想:

(即使是这样,用不着把我也变成野玫瑰吧?我连想也没有想过要捕鹿啊!不单没有想过,还教了雪子那么多东西。)

母鹿读出了我的心声,连连点头:

"不错,您的确是教了我女儿不少东西。可是您看到我女儿出嫁了。所以,我才把您变成了树。"

"……"

"因为您是唯一一个知道了我女儿秘密的人。是的,即使是只有一个人知道那孩子是鹿,就无法守护住那孩子的幸福了。我就是为了保守女儿的秘密,才把您变成野玫瑰的。这是我最后的魔法了。"

说完,母鹿静静地闭上了眼睛。

然后,过去了好长的时间。

我全神贯注地看着蜘蛛把一根银丝,慢慢地挂到玫瑰的树枝上,随后又返了回来,编成一个美丽的几何图案。我目送着蜗牛慢吞吞地爬远,数着蚂蚁长长的队列。

太阳一次次升起,又一次次落下。以为会是一轮黄色的圆月亮,想不到却是像餐刀一样,细细的,闪着亮光。我感觉自己仿佛在那里站了几十年。

"喂,你在那里干什么哪?"

有一天,我突然听到了人的声音。

"你在那站了老半天了,在想心事吗?"

是一个年轻的男人,像是当地人。可我还是纹丝未动。因为玫瑰树是动不了的。这时,男人"啪"地拍了一下我的肩。也就在那一刹那,我的双膝猛地一弯,人软塌塌地倒在了地面上。

"你怎么了?"

男人在我的脸上扫了一眼。

我就那么两手撑地，喘着气，把我的经历从头到尾地给他讲了一遍。

"那是幻觉吧？你是看到了很久以前生活在这座山上的白雪的幻觉啊！"男人说。

"可是，这帽子……"

我把手举到了头上，头上没有野玫瑰的帽子。还不只是帽子呢，白鹿、玫瑰的树丛也都不见了。周围只是一片黄昏中的杂木林。男人张开大嘴笑了起来：

"迷路了吧？你要去什么地方呢？"

"是是……中原……"

我把手插进口袋里，把那张皱皱巴巴的明信片掏了出来。男人探头一看：

"哈哈，这是前面的那片树林呀！你刚才下错车了，早下了一站。"

我顿时窘得恨不得找个地缝钻进去。我总是这样冒冒失失的，终于犯下了这么一个大错。

可是，男人却对我说：

"如果从这里走过去的话，也就三十分钟左右。天还亮着就能赶到。要我给你当向导吗？"

我跟在男人的后面，一边走在林间小道上，一边摘起道上盛开的山绣球花的花瓣来了。还悄悄地试了试雪子曾经教过我的魔法。当蓝色的小花暴风雪般纷纷落下时，我想起了真正的中原雪子。雪子一定是白白的、眼睛大大的吧？腿一定是长长的吧？而且还是一个天真温柔的少女吧……我蓦地想到，往后，我还会再一次见到已经来到了人世间的鹿的雪子吧！

一个长长的夏天的黄昏。

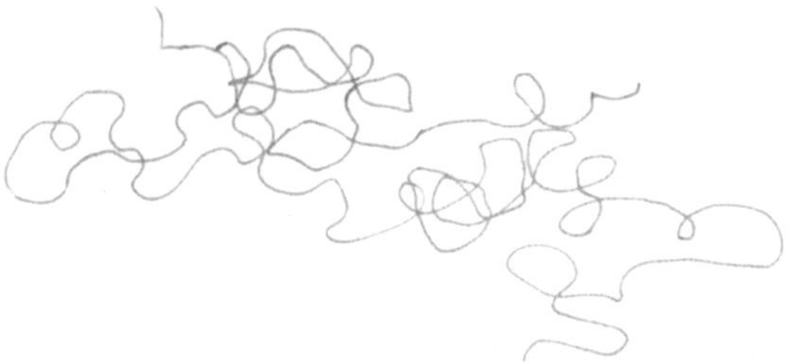

线球

叮当叮当,是那个铃的声音……
公主抬头往天上看去。
院子里的树丛对面,
出现了一条宛如彩虹般美丽的弧线,
那不是线球——阿泉的线球飞起来了吗?

1

公主坐在丝绸坐垫上，这是豪宅最里头的一个房间。

垂着长长的头发，淡红色的脸蛋儿，如果不是在哇哇大哭的话，看上去简直就像是一个偶人了。

可是——

"呜、呜、哇、哇、哇——"

公主的哭声又大又厉害，与外面的那些淘气鬼没有什么两样。眼泪也不是珍珠，只不过是水而已。两手擦眼泪的动作，也与那些住在穷人大杂院里的鼻涕鬼没有什么两样。尽管这样，啊啊，为什么只有公主不能和小朋友们嘻嘻哈哈地玩呢？公主就为了这个生气，已经哭了大半天了。

"阿菊——阿藤——"

公主喊着一直来玩的两个玩伴儿的名字。阿菊和阿藤，是在难得不得了的考试之后，从许许多多的女孩子中间，好不容易、好不容易才挑选出来的玩伴儿。公主和这两个小朋友，每天不是玩过家家游戏，就是玩偶人游戏。

不过，阿菊和阿藤突然就不来了，已经有十天了。

原因是麻疹。

这种讨厌的小孩子的疾病正在全国蔓延，不管是阿菊或是阿藤，都病倒了。奶妈怕公主传染上麻疹，就不让孩子出入宅门了。没有了玩伴儿的公主，厌倦了稀罕的玩具、好吃的点心，发起脾气来了，从早上一直哭到现在。

哭声飞过院子里的假山、树丛，回荡在长长的走廊里。这让奶妈也犯愁了，连哄带劝的，最后，还是摇了摇头走出了房间。

"哭累了就会睡着了。"

可是公主怎么会睡着呢？她哭得越来越凶了。

"呜、呜、哇——哇——"

哭着哭着，公主突然想起了前些天做过的那个梦。

是一个自己在一片油菜花田里，与许许多多的小朋友玩的梦。有阿菊，也有阿藤。对了，全都是不认识的孩子，一大群！可是，穿着重重的漆木屐的公主，不管是赛跑也好，还是捉迷藏也好，总是马上就输掉。于是，她就抬起一只脚：

"明——天好天！"

把右边那只漆木屐给甩掉了。然后，又抬起了一只脚：

"明——天好天！"

又把左边的那只漆木屐给甩掉了。白白的短布袜踩在田野的地上时，甭提有多么快活了……

公主一边抽搭，一边又呆呆地想起了那片油菜花田的黄色。

就在这时，突然从院子里传来了这样一个声音：

"你为什么哭啊？"

公主吓得肩膀头一抖，然后，就半睁开眼睛，从指缝里偷偷地看出去。

细柱柳的影子里蹲着一个小女孩，正盯着这边看。可是她究竟是从什么地方钻进来的呢?

"阿菊?"

一边抽搭,公主一边问。见她不回答,就又问:

"阿藤?"

这下,那个孩子又粗又大的声音响了起来:

"我是阿泉。"

"阿泉……"

公主歪着头,她不知道有这样一个孩子。于是,她就猛地喝道:

"到这里来。"

这时,一个大大的线球,从细柱柳的后面骨碌骨碌地滚了过来。接着,阿泉跟在它后面一边叫着,一边跑了出来:

"看——呀,好球吧?"

是一个皮肤黑黑的孩子，穿着一件碎白点花纹布的短小和服，头发归到后面扎了一个结。只听稻草鞋"啪嗒啪嗒"地响着，阿泉跑到了公主面前，又问了一遍：

"好球吧？"

那是一个用五颜六色的棉线绕成的大大的线球。而且，芯子里头还装了一个铃。当它一滚起来，叮当叮当，就会发出悦耳的声音。阿泉双手捧着那个线球，问：

"你也有这样的线球吗？"

公主眼睛瞪得圆圆的，一声不吭。

公主的线球，虽然是用光洁的丝线绕出来的，但却没有那么多的颜色。各种各样的线球，十个、二十个都不止，但就是连一个芯子里头带铃的都没有。公主老半天没吭声，最后轻轻地摇了摇头，于是，阿泉连连点头：

"啊，所以你方才才哭个不停啊！我也是一样啊。我想要一个线球，哭了好久好久，最后奶奶才为我绕了这个线球。奶奶挨家挨户地讨来织布剩下来的线头，一段一段地接起来，好不容易才绕出了这个来。"

"织布剩下来的线头……"

公主轻轻地重复了一遍这句难懂的话。然后，就像看一个什么稀罕得不能再稀罕的东西似的，直勾勾地盯着阿泉的线球：

"用线头就能绕出这么漂亮的线球？"

她问。

阿泉笑了，解释给她听：

"是呀，因为村里织布的线全部用上了。这个蓝色的，是我的和服;这个红色的,是娃娃的棉袄;这黑色的,是邻居奶奶的围裙;这边这紫色的,原来是木炭店女主人的和服,不过,现在变成被子了。"

阿泉开心地笑了。可是,公主还是不知道她说的是什么意思。对于从来就没见过织布的公主来说,想象不出穷人们是怎样用织布剩下来的线头,绕成孩子喜欢的线球的。公主摇晃着长长的刘海,问:

"什么是织布呢?"

阿泉眼睛放射出了光芒,这样说道:

"我现在就让你看吧!"

说完,她就突然拍起线球来了。

豪宅那擦得发亮的檐廊里,阿泉的线球弹得老高。

阿泉用沙哑的嗓子,唱起了公主从来就没有听到过的线球歌。接着,在歌的最后,砰,线球就钻到了自己和服的袖兜里。阿泉用双手捂住袖兜,说:

"往里头瞧瞧看!"

见公主呆在那里发愣,阿泉就小心翼翼地捧着胀得鼓鼓的袖兜,仿佛它是个活物似的,跪在地上蹭了过来,压低声音说:

"快瞧,在织布呀!"

公主朝阿泉的袖兜里瞧去。

看到了什么呢?

阿泉那碎白点花纹布的袖兜里,有一个小小的、小小的女人,叮叮哐哐叮叮哐哐,正在织布。织布机上是一根根五颜六色的棉线。红的、绿的、黄的、紫的、蓝的、白的、黑的、茶色的⋯⋯这些彩色的线,掀起了好看的波浪,织成了美丽的斜纹布。

织布的女人把和服的长袖子,系到了背后。

"那人是谁?"

公主问。阿泉笑着答道:

"是我的妈妈。"

说完,就猛地抖动了一下袖兜。

于是,那个女人、织布机,还有布什么的,就都变得支离破碎了。

"啊呀,全都坏啦!"

当公主叫着按住阿泉的手腕时,阿泉的袖兜里就只有一个线球,在像陀螺似的骨碌碌地转动了。公主哭丧着脸说:"没有了!"

线球从阿泉的袖兜里滚了出来,"啪"的一声,掉到了檐廊里。

公主红着脸,抱住了那个线球,叫道:

"这回让我来做一次!"

阿泉点点头,就又唱起了线球歌。和着歌,公主叮叮当当地拍着线球。歌唱完了,公主也让线球进到了袖兜里。按住了淡红色的长袖的袖兜,公主的胸口"咚咚"地跳个不停,念咒似的嘟哝道:

"织布……真的会有吗?"然后,又求助似的把目光投向了阿泉。

"有呀!看——"

阿泉弯下腰,朝公主的袖兜里瞧去。

"咦呀——"

随即就失声尖叫了起来。

"这样的——我还是头一次看到哪!"阿泉叫道。公主急忙一瞧，天呀，袖兜里竟是油菜花田。烂漫盛开的黄花，如同波浪一样在袖兜里连成了一片。

"太好看了……"

公主叹了一口气。然后，就突然按住了胸口，说：

"像以前的梦一样！"

想不到，阿泉也突然按住了胸口，叫起来：

"啊啊，像以前的梦一样！"

然后，就小声这样说道：

"我呀，前些天做过这样一个奇怪的梦。"

阿泉讲了起来。

是什么时候的事了，阿泉和一大群伙伴们玩着"占卜天气"的游戏。

"明——天好天！"

阿泉叫着，往上踢木屐时，不想腿一下子抬得高过了头，木屐像一只木头鸟似的，飞到对面的麦田里去了。阿泉用一条腿"咚咚"地蹦着，进到田里去找木屐。可是，麦田这么大，阿泉的木屐究竟掉到了哪里呢？找呀，找呀，怎么也找不到。阿泉在又高又密的麦田里不知找了有多久。

很快，天就暗了下来。

"阿泉，我们先回家了——"

伙伴们的声音断断续续地传了过来。

"阿泉，再见——"

"我们先回家了——"

阿泉要哭了。可要是找不到木屐,明天就没有穿的了。

阿泉在田里蹲了多久呢?

很快,周围就笼罩在一片朦朦胧胧的黄色的光辉里了,当阿泉还以为这是黄昏的颜色的时候,她身边变成了油菜花田。阿泉在散发着一股好闻的味道的黄花当中,坐了好久、好久。

(什么时候穿过麦田,走到这里来了呢?)

一边这样想着,一边打算要站起来的时候,阿泉的眼前噗地飞过来一只木屐。

"哇!"阿泉跳了起来。

"找到了。"

她禁不住叫出了声。

可这根本就不是阿泉那只磨得薄薄的木屐,是一只非常漂亮的木屐。又重又亮,漂亮得晃眼……是的,这是一只漆木屐。

这样好看的鞋子,阿泉还是头一次看见。红漆上绘着金色的花卉图案。木屐带上还有刺绣。上面还拴着一个非常可爱的银铃。

阿泉一边心怦怦跳着，一边悄悄地碰了一下漆木屐。突然，想要这只漆木屐的念头，像口渴一般地涌了上来。就是一只也想要，不，就是只有那个铃，阿泉也想要。

"明——天好天！"

就在这时，从远远的对面传来了黄莺一般清澈的声音。脚步声也离这里越来越近了。

（找过来了！）

阿泉那时一把就把漆木屐的铃揪了下来，用右手紧紧捏住，霍地站了起来，一溜烟地逃掉了。

阿泉一次也没有回头。她终究没有看见那只漆木屐的主人是一位多么漂亮的小姐。哪还顾得上那些，一种偷了人家的东西的想法，没命地催促着阿泉的双腿。

（快点快点，追上来了！）

阿泉汗流满面，不顾一切地逃着。

可是，到底是怎么一回事呢？这油菜花田，跑也跑不完。不不，是越跑越宽了。天呀，竟一直延伸到了地平线！油菜花的黄色，像光的海洋一样照得人睁不开眼睛，连悬在天空上的月亮，也变成了同样的颜色。

阿泉突然想，自己该不会是在同一个地方踏步吧？于是，一种说不出来的可怕传遍了全身。

——阿泉、阿泉——

有谁在喊。（追来了，追来要铃了！）阿泉一下子躲到了花中间。头顶上"阿泉、阿泉"的呼唤声，像风一样飘了过去。

……

阿泉就这样在麦田里待了不知有多久。

阿泉阿泉，来接她的奶奶的呼唤声听上去，就仿佛是梦中的声音。

"阿泉，你待在这里干啥？"

有人敲她的后背，阿泉一下子醒了过来。四下里已经相当黑了。

"我在找木屐。"

只听阿泉嘟囔道：

"找着找着，就飞过来一只漂亮的漆木屐……"

阿泉睡眼惺忪地抬头朝奶奶看去。奶奶一脸的吃惊，说："你做梦了吧？"然后，晃了晃头，站了起来：

"走，快回家吧！"

阿泉的木屐最终没有找到，阿泉抓住奶奶的手，抽抽搭搭地往回走。梦里的漆木屐实在是太漂亮了，自己那一只磨得薄薄的木屐实在是太不像样子了。

可是回到家里，双手支在门口的横框上时，叮当一声落下来的，正是刚才那个铃。就是那个圆圆的、小小的、银色的……

阿泉马上把它捡了起来，心扑腾扑腾地跳着，一个人到屋外细细地打量起来。

（这是我从梦里拿来的啊……）

阿泉想。这时，一大群伙伴、弟弟妹妹的脸突然浮现了出来，他们都想要这个铃啊，阿泉要把它藏在一个谁也找不到的地方。

当奶奶说要给她绕一个线球时，阿泉就让奶奶把铃嵌到了线球的芯子里。

"这么漂亮的铃，哪来的？"

当奶奶问她的时候，阿泉答道：
"过节的时候捡来的。"

阿泉说完了，公主飞快地叫了起来：
"我以前也做过油菜花田的梦哟！在梦里，甩掉了漆木屐哟！一边喊着'明——天好天'，一边甩掉了拴着铃的漆木屐哟！"
"真的？"
真有这样好玩的事情？两个人的梦竟会连接到了一起。而且，梦里的铃竟会在这个线球的里头！
两个人轮流朝公主的袖兜里瞧去。
"看，就是那时的油菜花田。"
"是的，就是那时的油菜花田。"
两个人相对莞尔一笑。

2

从那以后，阿泉每天都到公主的院子里来玩。有时从墙洞里钻进来，有时藏在进入豪宅的运输车的蔬菜里。

为了不让别人发现，两个人就躲在树丛的影子里悄悄地玩。手球、偶人、翻花鼓、过家家……不过最开心的，还是线球。两个人不是轮流拍那个线球，就是往天上抛。

线球被抛得好高好高，变得和一粒酸浆果差不多大了。当它好像就要被云彩吸进去了的时候，叮当，传来了一丝铃声。这时，阿泉就说：

"看呀，油菜花田从天上落下来了！"

"看呀，这回是织布！"

线球直直地、慢慢地落了下来。阿泉伸开了双手，闭上了眼睛。

叮当、叮当、叮当、叮当。

就像天上下起了花似的，铃声落了下来。

"油菜花落下来了哟！落下来了哟！落下来了哟！"

阿泉说。公主把双手高高地举了起来。想不到，线球正好落进了袖兜里。按住淡红色长袖的袖兜，公主对阿泉说：

"哎哟，这回是织布哟！"

然后，两个人悄悄一瞧，袖兜里正在织布。小小的阿泉妈，叮叮哐哐叮叮哐哐，正在织布。

嘿嘿，公主像春天一样地笑了。阿泉也缩着肩膀，扑哧地笑出了声。

不过，过了几天，阿泉突然就不来了。公主站在檐廊边上，一天又一天地等着阿泉。这样，有一天又哭了起来。

"阿泉——阿泉——"

奶妈不知道有这样一个孩子。

"阿泉是谁呀？"

于是，公主就一边抽泣，一边小声告诉她：

"是一个穿着短短的和服，没穿短布袜的小孩。"

"没穿短布袜！"

奶妈的眼睛立刻就变成了三角形。

"那是身份低贱的孩子。公主不能和那样的孩子在一起玩。"

这下,公主躺到地上哭开了。手脚"吧嗒吧嗒"地乱蹬,脸都憋红了。

"呜啊,呜啊,我就要阿泉!"

这时,公主的脸蛋像烧了火一样地烫人。

(这可不行!)奶妈想。

(要是这样哭下去,血就要上头了!)

于是,奶妈对侍女耳语了几句。侍女又对家臣耳语了几句。家臣穿过长长的走廊,匆匆地向马厩跑去。

不一会儿,一个家臣就骑着马冲出了宅门。

"有个叫阿泉的孩子吗?阿泉在哪里?"

家臣一边这样说着,一边向村子的方向奔去了。

不过,还不到一个小时,家臣就骑着马,风一般地赶了回来。

"不、不、不、不好了,不得了啦!"

家臣慌慌张张地向奶妈报告道:

"阿泉出麻疹了。"

"麻疹!"

奶妈的脸一下子就白了,站了起来,穿过游廊,向公主的房间冲去。

"公主、公主、公主……"

这时,公主已经躺在丝绸的被子里了。枕头边上,侍女把药都准备好了。看到奶妈进来,就恭恭敬敬地说道:

"公主出麻疹了。"

"到底……"

奶妈一屁股坐到了地上。公主还在叫着：

"阿泉、阿泉……"

奶妈没有办法了，只好对她说：

"阿泉也出麻疹了。和公主是一样的病，也躺着呢。"

公主把眼睛睁得大大的：

"啊，一样的病，原来也躺着哪！"

说完，竟高兴地笑了起来。

十天之后。

总算出好了麻疹的公主，照旧还是坐在最里头房间的丝绸坐垫上。边上玩着贝壳的弹子游戏的，是也出好了麻疹、脸色白得像米粉团子的阿菊和阿藤。

可是，公主却不肯加入她们的游戏。她的眼睛，从方才开始一直盯着细柱柳那边。她觉得阿泉那黑乎乎的小手，随时都会从那细细的树枝里伸出来，来呀来呀地叫她。公主不敢把目光移开。

阿泉再也没来过。

奶妈对看门人和警卫吩咐过了，绝对不能让那个把病传染给公主的坏孩子再进来。

不管公主怎么哭，奶妈也不会改变主意。

"轮到公主了哟。"

背后，阿藤叫道。

"跳过去。"公主冷冷地说，然后，就竖起了耳朵。

那时，公主确实是听到了。叮当叮当，是那个铃的声音……公主抬头往天上看去。

院子里的树丛对面，出现了一条宛如彩虹般美丽的弧线，那不是线球——阿泉的线球飞起来了吗？

公主的脸一下子放光了，禁不住站了起来。

这时，阿菊在背后慢吞吞地叫道：

"轮到公主了哟。"

"跳过去！全都、全都跳过去！"

公主尖声叫了起来，穿着雪白的短布袜就跳到了院子里，大大地伸开了双臂，去接线球。她大声地叫道：

"阿泉——"

可是，阿泉没有跟在线球后面出现。

进不来了。墙上的洞被堵死了，门口站着好几个可怕的守门人。阿泉用力把那个线球抛进宅子里，就回家了。

就这样，阿泉的线球，就成了公主的线球。当剩下公主一个人的时候，她就在檐廊里叮当叮当地拍起了线球。唱着记不大清楚的线球歌，最后，让线球进到了袖兜里，然后悄悄一瞧，就在袖兜里看到了织布。

不过，这回的织布多少有点不一样。

坐在织布机前面的，竟是小小的阿泉。阿泉用布手巾包住了头发，背着小弟弟。正用不太灵活的手势，叮叮哐哐地织着布。那样子，有点像一个小大人。

这时，公主明白了。

阿泉不再玩了，要开始学习干活儿了，不能再拍球、再到油菜花田里疯来疯去了。

公主用双手摸着线球，她盼望在梦中再一次见到阿泉。

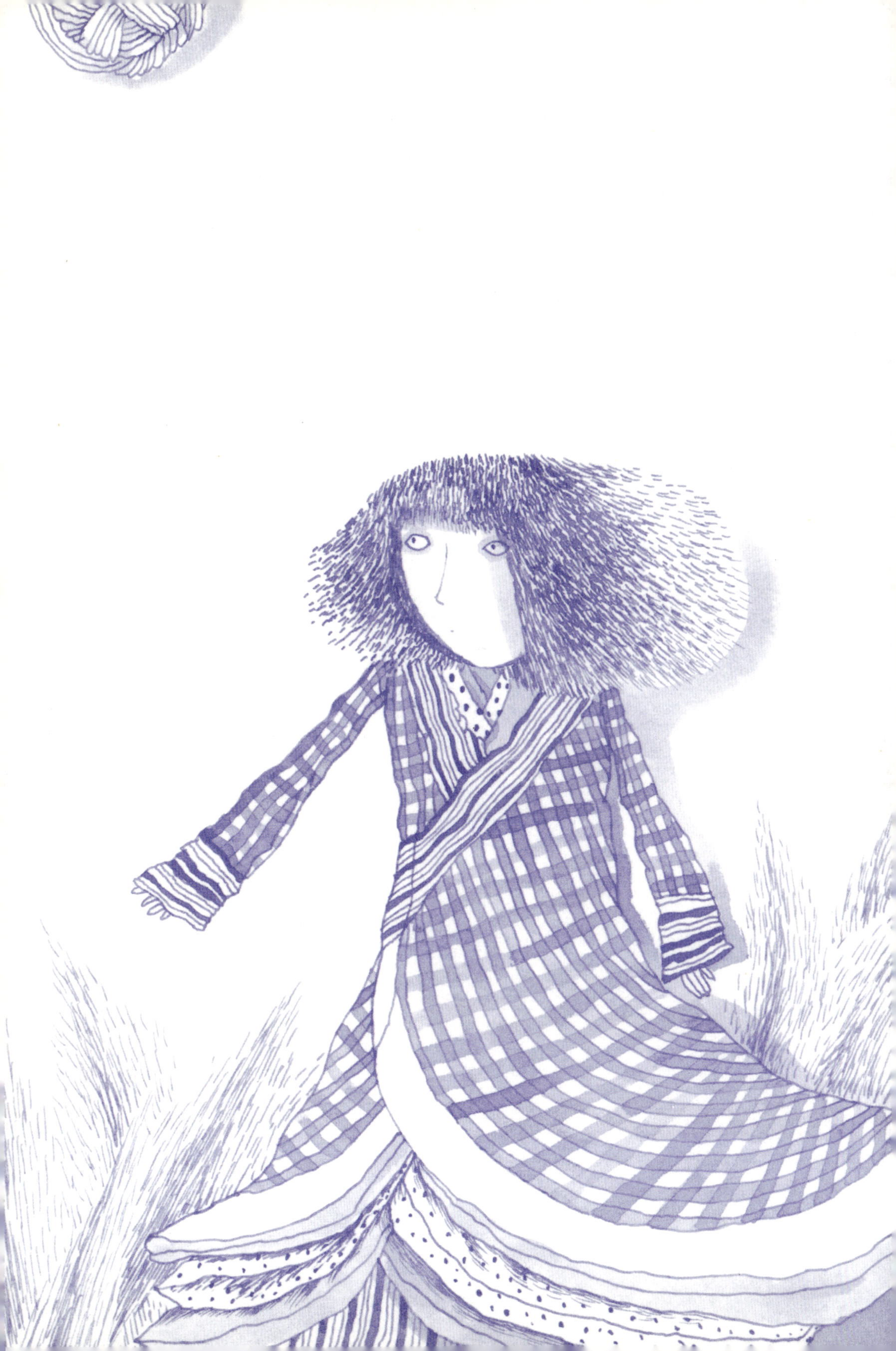

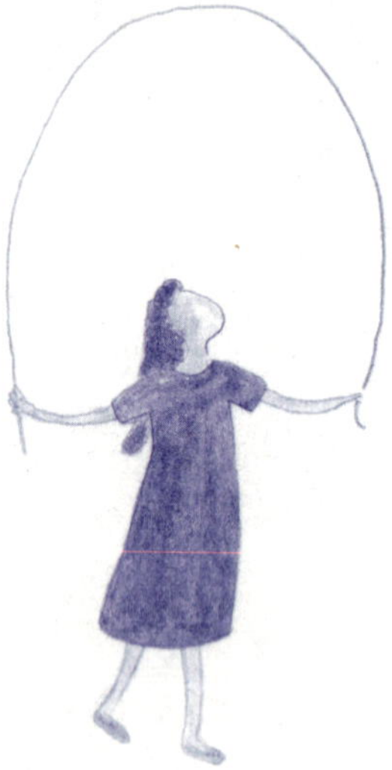

长长的灰裙

手风琴似的折叠着的一个个裙褶里,
大概隐蔽着的是一个个不同的世界吧?
是第几道裙褶了,
从里面探出了烂漫的红色山百合。
接下去的裙褶里,已是秋天,
一望无边的狗尾草在风中摇曳。

是我八岁、弟弟四岁时的事。

弟弟阿修一边用两只手捏住嘴,模仿着布谷鸟的叫声,一边走在我的前面。他那白色的布帽子,在从树叶空隙照进来的阳光下晃动着。

噗噗——噗噗——

弟弟的布谷鸟,听起来更像是鸽子在叫。真正的布谷鸟,是躲在林子的深处,发出一声声人根本就模仿不了的、不可思议的闷闷的叫声。

爸爸正在远远的溪谷上游钓鱼。

"就待在这里,不要走远了啊!"

不知道他说了几遍。可那时候,我们为什么还要下到溪水里,走出那么远呢?

溪水潺潺流淌。溪边开满了鸭跖草的花,蓝紫色的花就宛如一盏盏小小的灯,烂漫一片,沿着溪流一直伸向遥远的地方。

那天,我们随爸爸来钓鱼,第一次来到了大山里。一切都是那样的新鲜,我们有点欣喜若狂了。

林中的松鼠、大得叫人吃惊的凤蝶、鲜红欲滴的野草莓、母子山鸡,还有从灌木丛里战战兢兢地探出头来的小蛇。林子底下,竟是这样一个生生不息的世界!

"看哟,啄木鸟!"

"看——哟，那边有一只松鼠！"

每当有一个新的发现时，我们就会放声大叫。阿修虽然还是个小不点儿，却能叫出许许多多的动物和鸟的名字。花的名字，我只要教上一遍，也马上就能记住。不管是蓟、百合或是龙胆草，绝对不会弄错，全能一点儿不差地说得上来。

就是这样一个聪明可爱的小弟弟，那一刻，却突然一下子从我的眼前消失了，消失在绿色的林子里。快得简直是让人难以置信，简直就像是凤蝶一样无影无踪了！

就是现在，这一幕还让我觉得是那样的诡异。

噗噗——噗噗——

前面阿修的声音中断了，"呜啊——"我突然听到了一阵刺耳的尖叫！我那只摘鸭跖草的手僵在了那里，我抬起脸，刚好阿修的帽子被风刮落了，掉到了水里，一圈圈地旋转着，被水冲走了。弟弟莫名其妙地大声嚷叫着，追帽子去了。

"阿修——"

我也追了上去。可是，我怎么追也追不上。才四岁的弟弟怎么可能跑得这么快呢？阿修就像一个滚动的球，向前不停地跑。随后，他沿着溪流拐过一个弯，就消失在一片灌木丛背后了。我紧跟着拐了过去，已经不见阿修的影子了。面前是一片无边无涯的原野，天上呆呆地飘着一朵闪亮的云。

"阿——修——"

我站在那里，放声呼唤。可四下里一下子寂静下来，只有溪水的流淌声。我的心怦怦地狂跳起来，有那么一会儿，我就那样一直站在那里。

"哗啦"，我恍惚觉得身边的灌木丛摇晃了一下。

（藏在里头了吧？）

我想。要是一起出去，阿修就总是喜欢躲到邮筒的背后或是什么地方，吓我一大跳。而且，直到你找到他为止，他就蹲在那里咪咪地笑。

"快点出来！"

我冲着灌木丛喊起来。

"帽子已经被水冲跑了喔！"

"阿修，你在干什么？"

阿修没有回答。只有我一个人的声音，听上去就像是一只奇怪的鸟在叫，在四面回响。

太阳被云遮住了。周遭明亮的绿色顿时被黯然的绿色取代了，似乎有雾蔓延开来。

就在这时，冷不防出人意料地从远处传来了一个声音：

噗噗——噗噗——

我的心一下子亮堂起来了，我叫出了声："这小坏蛋！"我又一次高声呼唤起来，"阿修——"可是紧接着，我就大惊失色地倒吸了一口气。

远远的对面，是一个陌生的巨人。

而且还是一个女人。这个巨大得简直让人难以相信的女人，穿着一条长长的灰裙，隐隐约约地矗立在那里。就像是一棵橡树。她张开双臂，做出一个和妈妈拥抱我们一模一样的姿势，站在那里一动不动。

灰裙子是用像绢一样薄的料子做成的，几层重叠在一起，有点像褶裙。

噗噗——噗噗——

从裙子后面传来了阿修的声音。

（人骗子！）

那一刹那，我一下子就明白过来了。是这个巨大的女人把阿修藏起来了。

说起来，这样的人我以前就见过。

那是我和妈妈，还有阿修有一次去购物中心的时候——（那时候，阿修还是一个婴儿，还坐在婴儿推车里。）

妈妈搁下我和阿修，朝售货处走去之后不久，一个人突然朝婴儿车里弯下身子，摸起阿修的头来："好可爱的宝宝啊！"非常高，是个个子非常高的女人……而且，而且，这个女人的裙子……啊啊，也是灰色的……那一刻，我突然就"哇"的一声号啕大哭起来。（阿修要被拐走了、要被拐走了。）一种莫名其妙的恐惧，一阵紧接着一阵地向我袭来。我哭得简直就像警笛一样响亮。妈妈奔了过来，可是那个女人已经逃得不知去向了。

从那时起，我就开始害怕起人骗子来了。连"一直玩，玩到天黑人骗子就会出现"这样的话，也会信以为真。

人骗子，在我的心中一天一天地膨胀起来。它已经不是一个平常的人了，它变成了一个如同可怕而巨大的黑影一样的东西。它用一块巨大无比的布，把瞄上的孩子一个接一个地裹上拽走。

然而今天，我终于正面遭遇了人骗子。大概这个女人从那之后就一直对阿修伺机下手，今天总算被她得逞了。

"阿修——"

我的声音从嗓子眼儿里挤了出来。

"到这里来。快点！"

可是，从灰裙子背后发出的却是阿修那无忧无虑的声音：

噗噗——噗噗——

"你在干什么？"

我不顾一切地就要朝阿修身边扑去，但我却两腿瘫软动不了了。现在要是过去，我也非被逮住不可。快点跑回去，把爸爸叫来吧！我打定主意，刚往后退了两三步，人骗子冷不防冲我招起手来：

"过来！"

她喊。那声音就仿佛是"呼"地刮起的一股风。

"阿修呢？"

我把两手拧在背后，气呼呼地问道。

"你把阿修拐走了吧？怎么样，想把他带去看马戏吗？"

我脸色铁青地问道。谁知人骗子不出声地笑了，一缕缕蔓草似的头发飒飒地晃动起来。然后，突然冒出这样一句话来：

"要是看马戏，这里就有啊！你——看，你——看，你——看！"

女人突然从自己裙子的褶缝里，变出了小马，还有在空中荡秋千的小丑。紧接着，又让它们像木偶一样动了起来。

小马轻轻地蹦来蹦去，空中的秋千像钟摆一样荡起又落下。小丑穿着一件红黑相间的衣服，直吐舌头。手风琴的声音响了，还响起了拍手声、喧哗声、笑声和口哨声。

（……）

蓦地，我的心不可思议地狂跳起来。

（马戏！马戏！）

我竟激动地跑起来,朝着那长长的灰裙一阵猛跑。

想不到离开女人竟有那么远。看过去,她就宛如一棵远远地耸立在那里的巨大的树。

跑啊跑啊,总算……总算……我总算是好不容易才跑到了那长长的灰裙子的底下。这女人简直就是一个巨人。看上去跟玩具似的小马,竟和真的马一般大;小丑的个头也比我不知要高多少。

"哈哈,小妹妹,不骑骑马吗?"

小丑说道。嗯,我点点头,便朝小马那边跑去。可是,小马一闪身就躲到了灰裙子的裙褶里去了。小丑慌忙追了过去。于是,空中的秋千、歌声、拍手声以及口哨声全都一股脑儿地消失在同一个裙褶里了。

马戏演完了。

四下又重新被寂静裹住，只有阿修那"噗噗——"的叫声，混杂着手风琴的声音，从裙褶的深处传来。

我猛地意识到：自己正在寻找弟弟。

"阿修！"

我嘶叫了一声，就要闯进吞掉马戏团的那道裙褶里。

可就在这一瞬间，裙子轻轻地转了一下，我的眼前出现了一道新的裙褶。它上面裂开了一条细缝，这次，从裙褶里面飘出来的是阿修的声音。还是那个声音：

噗噗——噗噗——

哎呀，阿修就在这道裙褶里面啊。我战战兢兢地朝里边望去。

第二道裙褶里——天哪，里面竟然是白雪皑皑！细雪纷纷地从天而降，盖住了山峦。

"阿修呀，你怎么到这种地方来啦？"

我异常惊诧，就好像是阿修闯下了什么滔天大祸似的叹了一口气。

"真是的，还什么也不懂啊！"

我大人般地嘟囔了一句，噔噔噔地走进了风雪之中。

地上是厚厚的积雪。远处的冷杉树在风中簌簌地呻吟。阿修或许就藏在这些树的后面吧？还是大气也不敢喘地藏在更远的地方，那些雪丘的后面？是想等我走过去，"哇啊——"地一蹿而出，吓我一大跳。

我抢上去转了一圈，叫道：

"阿修，找到你喽！"

我的喊声被风雪吞没了。不管是树背后或是雪后面，都不见弟弟的踪影。但，噗噗——阿修就是不知在什么地方呼唤着我。

走进去有多远了呢？不知什么时候，一幢大房子出现在了我的眼前。草苫的屋顶上积着一层厚厚的雪，屋顶下是拉窗。就从那窗里，传出了阿修的笑声，的的确确是阿修的笑声。

就好像让阿修骑到脖子上时发出的"咯咯"的笑声。啊啊，我不由得暗自叫好，我大声喊道：

"阿修！"

拉窗突然"嚓啦"一声被打开了。

"谁呀？"

一瞬间，我吓得连心脏都快要冻住了。

啊啊，里面站着一头熊——是的，是一头大得让人不寒而栗的棕熊。公熊的背上还有一头小熊。刚才发出笑声的，就是这头小熊。公熊耳朵抽动了一下，问我：

"有什么事？"

说完，就拿那一双狡黠的小眼睛来来回回地扫视我。这时，它背上的那头小熊却用与阿修一模一样的声音说：

"爹，这家伙，饭后吃才好呢！"

公熊点点头，说：

"是啊是啊，饭后吃才香。"

我的脸一下子变得煞白，唰地改变了方向，拔腿就跑。怎么跑的、跑过了什么地方，我都记不住了，只记得心里一边不停地念叨着："要被吃掉了，要被吃掉了"，一边没命地逃跑。后面，似乎有一头巨大的黑色野兽在紧追不舍。眼看着棕熊"呜啊"一声张开了血盆大口，就要扑到我的脖颈上了。我跑啊跑啊，不停地跑。

然后……等我忽然清醒过来时，我已经一屁股坐到了长长的灰裙子底下。

呼哧呼哧，我大口大口地喘着气。裙子一闪，又在我的眼前轻轻地转动起来，露出了一道新的裙褶。

新的裙褶深处，依旧听得到阿修那微弱的声音。如同遥远的、遥远的山的回声。然而，我已经丧失了再次闯进去的勇气。穿着这条灰色长裙的人骗子，是在嘲弄我哪！她一定在上头哧哧地窃笑哪！

我踮起脚，想看看那张脸。可是她实在是太高了，连瞥一眼都是不可能的。

我真害怕起来了。感觉连自己也好像紧步弟弟后尘，失踪了。

"呜哇，呜哇，阿修没了。妈妈，妈妈……"

一边抽噎，我一边踉踉跄跄地围着灰裙子绕起圈来。

手风琴似的折叠着的一个个裙褶里，大概隐蔽着的是一个个不同的世界吧？是第几道裙褶了，从里面探出了烂漫的红色山百合。接下去的裙褶里，已是秋天，一望无边的狗尾草在风中摇曳。

"哪里呢——哪里呢——"

是我在自言自语。我把一道道裙褶扒开一条条细缝，提心吊胆地朝里面偷看。

一个碧蓝的湖。有小船浮在水面上，对面是一片飘摇的森林。下一个裙褶里，是樱树林。淡淡的桃色的樱花隧道，一直向前延伸、一直向前延伸，没有尽头。有一匹马伸长了颈子，吃着樱花。再下一个裙褶里，则是漆黑的暗夜，什么也看不见。

然而，就在那暗夜中，我确切无疑地听到了阿修的声音。

噗噗——

这声音相当近，清晰可闻。稍稍伸一下手就能够得到似的。我一只手悄悄地伸进了裙褶。随后，又把另一只手伸了进去。

我用撕心裂肺的声音叫道：

"阿修——"

嚓地一下，黑暗中闪烁出一滴小小的、蓝色的光点。

（是萤火虫哟！）我想。可是，一滴又一滴，蓝色的光点简直就宛如天上的星星一样多了起来。

说不出为什么，我的心倏地一下子喜悦起来了。我奔进裙褶，展开双臂，竟唱起歌来了：

"萤，萤，萤火虫，萤，萤火虫……"

溪水淙淙，听上去就好像是冰在流淌。我侧耳静听，想找出溪流的位置。

这时，我才发现，原来那点点滴滴的蓝色的光点，根本就不是萤火虫，而是一簇一簇的鸭跖草。没错，是鸭跖草的蓝色。黑暗中，一排鸭跖草闪耀放光，形成了一条不可思议的蓝色的路标。它顺流而下。我伸开双手，简直就像小孩蒙住眼睛捉迷藏似的，摸索着，找起阿修来。

"阿修，阿修——"

……

"阿修，阿修——"

我迎着"噗噗——"的召唤声走去。

可是不管我怎么走，阿修也抓不住我的手。而且，不知不觉中，他的叫声就被溪水的流淌声淹没了。

我被抛弃在了黑暗里，迷失了方向。进也不是，退也不是。我疲惫不堪，眼瞅着就快要摔倒在地上了。

我抱住膝盖，畏畏缩缩地蹲到了草地上，感觉自己就好像是一只孤单的小兔子。不过，这种时候，要真是一只兔子的话，不知要比人轻松多少啦。兔子即便是在伸手不见五指的山上，也能高枕无忧地呼呼大睡吧？我今晚也变成一只兔子，在这里睡一觉吧。我想，那样，到了明天，我就可以再仔仔细细地找一遍阿修了。

阿修或许已经睡着了。或许也变成了一只小兔子，就睡在前面的草丛里……我慢慢地闭上了眼睛。

蓦地，我想起一件事来。

不能睡觉！

我睁开眼睛，霍地一下站了起来。我想起有人曾经说过，在山上，要是精疲力竭地倒头睡下去，就会死掉，再也醒不过来了。

（这种时候要是睡着了，可不得了！我好累，好饿好饿啊。）

是的。是爸爸说的吧，这种时候要是喝上一杯咖啡，再有人拍拍肩膀，激励激励，一定就没有睡意了。可是现在，没人给我倒上一杯咖啡，也没有人拍拍我的肩膀、激励激励我啊。只剩下孤零零的一个我，唯一能做的事……有了，就是唱歌。

我低声唱起了在学校学过的歌。随后，又唱起了童年时的歌，跟着电视学会的歌，以及凡是能想起来的所有的歌。我觉得，就像一旦不再往燃烧的火里扔柴，火就会熄灭似的，一旦我停止了歌唱，我的生命就会结束。我唱一首歌的同时，还要像找一根新柴似的，要先想好下面一首歌。

就这样，我不停地唱啊唱啊，直到觉察到一件奇怪的事。

从刚才起，不知是谁开始和我一起唱歌。是一个男人的声音。

我会唱的歌，这个人全都会唱。就连胡乱编的歌，他也能一点不差地唱下来。我惊呆了，停下不唱了。

"谁？"

我喊道。那个男人也停下不唱了。

"喝咖啡吗？"

他说。就仿佛是一位熟人，亲热地招呼道。我瞠目结舌说不出话来了，那人又说：

"还是喝点热牛奶？"

"可是，你是谁啊……在什么地方……"

那人像要把歌唱完似的，声调抑扬顿挫地这样回答道：

"就在你二十步的前方。"

按照他说的，我朝前走了二十步。

我的眼前陡然一亮，那里是一座刚刚点上灯的小小的三角形的帐篷。帐篷的门口，是一张戴着尖帽子的滑稽的脸。那人身穿我看起来很眼熟的红黑相间的衣服，"呀啊"地叫了一声。

"哎哟，这不是小丑伯伯吗？"

我脱口而出，叫的声音好大好大。

"哎呀……刚才的那个马戏团，就待在这种地方……"

我以为整个马戏团，都像变魔术似的被收纳在了这座小小的帐篷里了，不禁暗暗喜上眉梢。没想到小丑连连摇头：

"没有别人了。这里只剩下我一个人了。

"马突然就惊了，也不知跑到什么地方去了。从刚才开始，我就一直在这里等着它回来。"

"马？"

我记起来了，方才在樱树林里看见了一匹马。

"我刚才看见马了呀，在樱树林里。那马在吃樱花。"

"什么？在樱树林？在吃花？是吗？那我就松一口气了。"

小丑眨眨他那像裂开的蚕豆一样的眼睛。

"那样的话，它就会安静下来，就会回到这里来的。那马特别喜欢樱花，就喜欢沐浴着落英缤纷在花中驰骋。即使是花季过去了，即使是夏天了冬天了，还是喜欢得不能自已。所以，就常常会失控。不过，山真是一个不可思议的地方啊，樱花、樱花，你只要这样想着，没命地兜圈子，一片樱树林就会出现在你的面前。哪怕不是这个季节里的东西，也一定能够看到。马一定是邂逅了自己的那片樱树林，在那儿悠闲地嬉戏呢！"

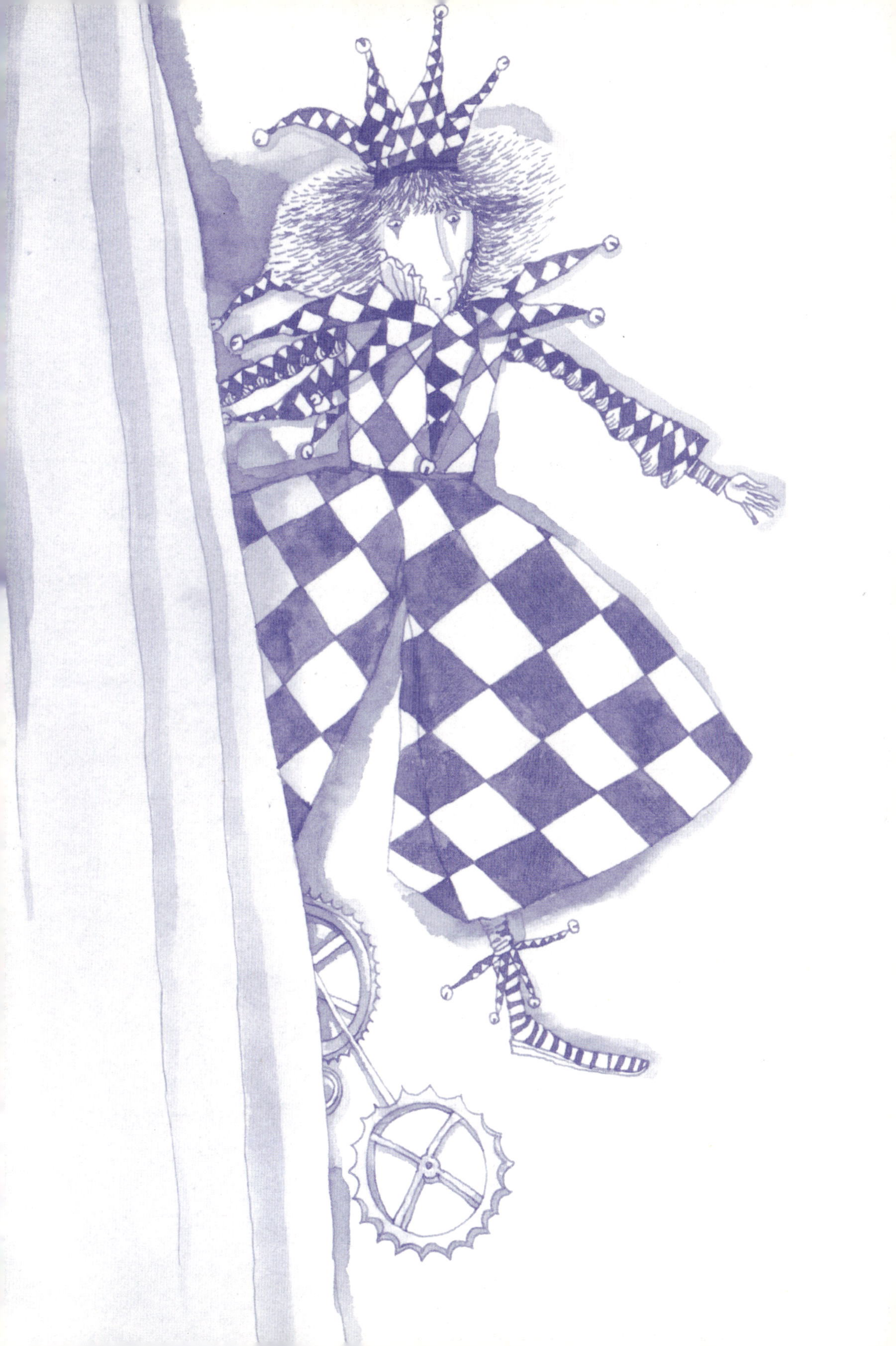

"是吗？竟会有这样的事情……那样的话，我不是就能见到阿修了吗？我走到现在，一直都在想着阿修啊！"

我百感交集地说。然后，我坐了下来，喝了小丑的热咖啡。身子顿时暖和了，来了精神。小丑鼓励我说：

"没错，一定会见到的。再找一找。要是怕黑，就用鸭跖草做一盏灯吧，照照亮，一定会找到的。"

"鸭跖草的灯？"

我还在怅然若失的时候，小丑已经从帐篷里跳了出来，采起闪耀着萤火虫一样光芒的鸭跖草来了。一转眼，他怀里就有一大捆花束了。花本身就是一盏蓝色的灯。

"拿它照着走路吧，想见的人一定会见到的！"

就这样，我用蓝色的花束照着路，顺溪而行。还不时地停下来放声高喊：

"阿修——"

这不是吗？我不是又听到了吗？

噗噗——噗噗——

"啊，阿修啊！"

我一圈接一圈地转动起花束来了。

蓝色的光环中，蓦地一闪飞进来一个什么东西。

千真万确，就是它发出的噗噗声。可它不是阿修。竟、竟是一只鸽子。我心跳不已，抱着鸽子举了起来。我摩挲着它的羽毛。

鸽子的胸脯是热乎乎的。我抱住鸽子，禁不住"哇"地放声痛哭起来。我哭成了一个泪人儿。

啊啊，阿修被变成了鸽子，就因为他一天到晚总是学怪里怪气的布谷鸟。还有，他模仿鸽子的叫声也实在是模仿得太像了，终于被山精施了魔法。我叫一声"阿修"，鸽子的胸脯就会动一下，"咕"地叫一声。

我抱着鸽子，在溪边坐了下来，哭个不停。哭啊哭啊，最后终于睡着了。

你要是再多睡上一会儿，你就也会死在山里啦！事后爸爸这样说。

（你就也……）

那时我拼命地摇头："阿修不会死的！"然后，我就滔滔不绝地讲了下去。

我说我费了好大的劲儿，才在长长的灰裙子的裙褶里找到了已经变成了鸽子的阿修，可是没有人相信我的话。有人告诉我，阿修是掉进溪里淹死的。在下游好远好远的地方，发现了阿修的白帽子。

然而，我嚷了起来。

阿修在我面前消失的时候，他没戴帽子。帽子是先被水冲走的，阿修就是在溪边追帽子的时候，被那个穿灰色长裙子的人拐走的。然后，他被变成了鸽子，现在还在裙子的裙褶里叫呢！

但是，没有一个人相信。

你呀，在山里徘徊了一天一夜，一定是产生了幻觉。什么灰色的裙子，一定是一棵巨大的枯树吧？爸爸说。

然后，他抚摸着我的头发，一遍又一遍地说：再也不、再也不去山里了。

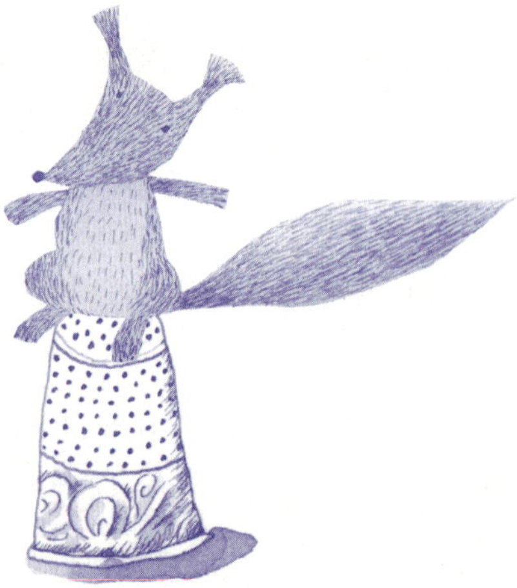

原野之音

针在少女们的手上熟练地飞舞着。

那针,是绿色的松针。

那线,是刚刚才纺成的草的线。

就是用这样的工具,

少女们把原野的声音缝进了扣眼儿里。

1

  天鹅绒的针插，带铃铛的剪刀。银色的顶针和线。

  头一次闯进这家洋裁缝店那天，少女拿着的，就只有一个装着这些东西的小小的针线盒。

  "对不起。啊，我是来当学徒的。想一边工作，一边学习怎么缝西服。"

  推开贴着那张"招募洋裁缝店学徒"的纸的门，少女进到店里，像背诵才记熟的台词似的这样说道。

  工作间里的火炉烧得正旺，开水咕嘟咕嘟地翻滚着。从褪了色的帘子后面，还隐隐约约地传来了缝纫机的声音。但是，没有人应声。

  "对不起，我想来当学徒。"

  当少女又重复了一遍时，从帘子背后，响起了一个粗鲁的声音：

  "几岁了？从什么地方来的？有经验吗？"

  面对这一连串的问话，少女这样清清楚楚地回答道：十六岁。刚刚从相邻的镇子来到这里，虽然没有经验，但会努力干活儿。想不到，从帘子背后，传出来这样一句话：

  "可是，没有经验，再努力又有什么用呢？"

紧接着，店主就小声地嘟囔起一个十六岁的女孩子，什么忙也帮不上之类的话来了。少女沉默了一会儿，大着胆子，像是要揭出什么秘密似的，这样说道：

"说实话，我呀，是来你们这家店学锁扣眼儿的！"

这时，少女的一双眼睛认真得让人吃惊。仿佛一个找宝的人，好不容易才找到了线索一样。而且，就像是一个死死抓住那线索不放的人一样。

少女又断然地说道：

"我全都知道——您锁的扣眼儿，和别人不一样！"

"……"

"我家里也是开洋裁缝店的。爸爸和哥哥，开了一家小小的男士西服店。可是，不管是爸爸也好，哥哥也好，都锁不出那样奇妙的扣眼儿。不管用什么样的机器，也锁不好。就为了学它，我才来的！我想了好久，才下定了决心，今天一早离开了家。"

"离家出走？"

"不，是离开了家。事先打了招呼才出来的。"

"……"

"喂，您锁的扣眼儿，有什么特殊的秘密吧？"

"秘密？根本就没有的事！"

"不。一定有什么秘密。如果没有秘密，怎么可能锁出那样奇妙的……"

当少女说到这里的时候，帘子轻轻地掀开了。一个脖子上挂着卷尺的上了年纪的女人，站在那里。头发全白了，无框眼镜的后面，一双鸟一般灰色的眼睛闪着亮光。

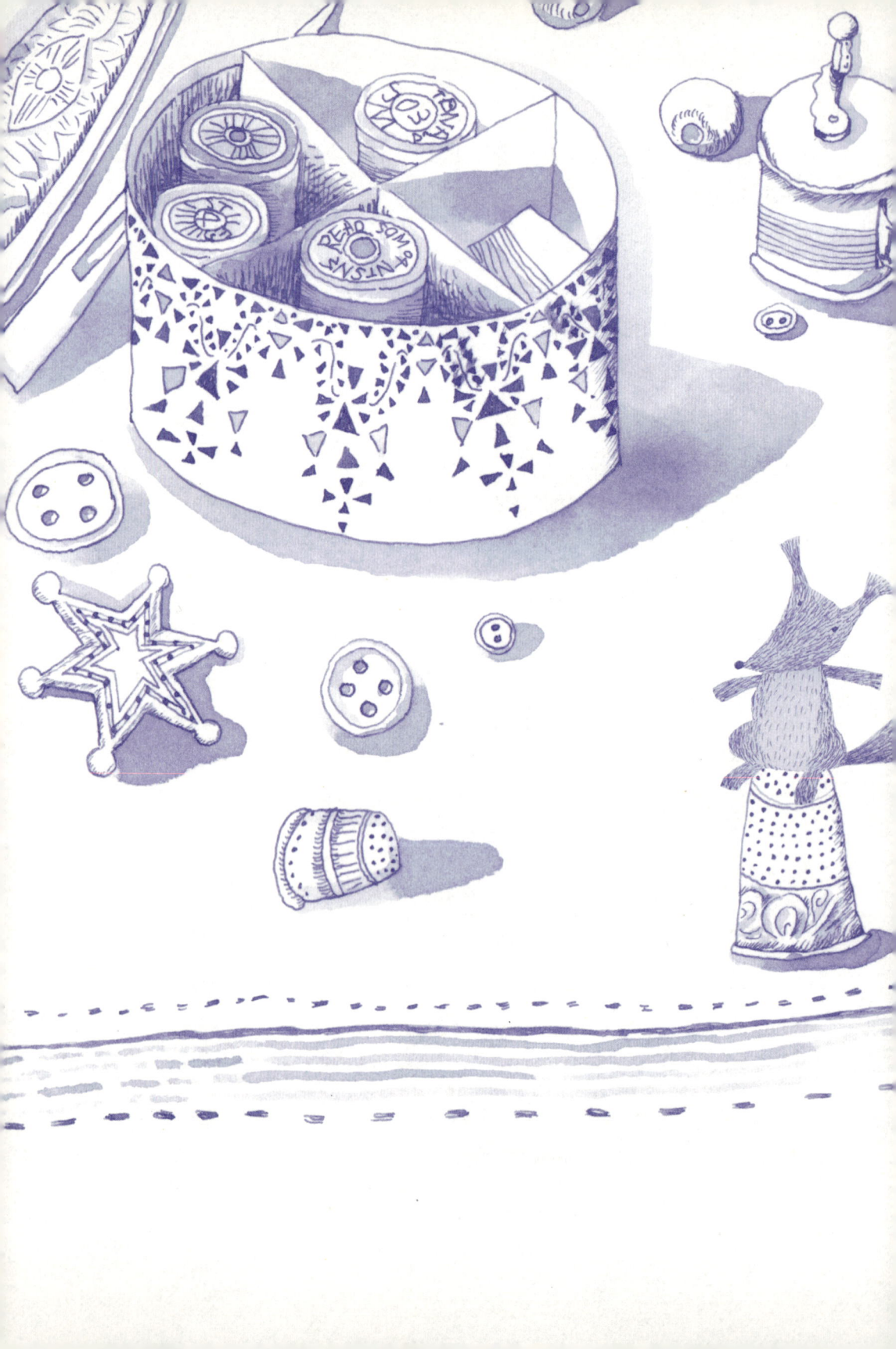

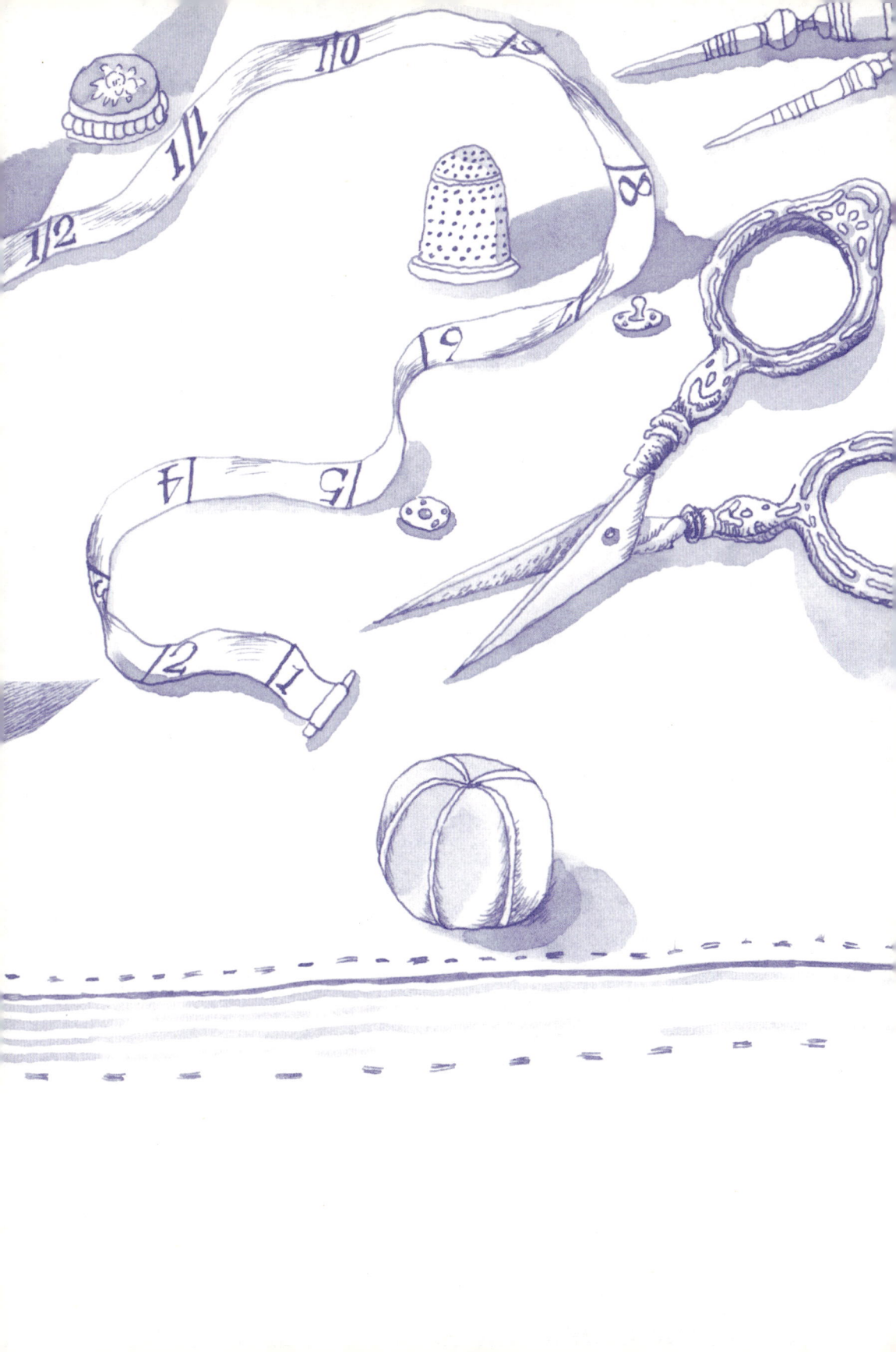

少女一看见她的样子，脸上一下子发亮起来，一边笑着一边嚷了起来：

"啊呀，您就是这家店的店主吧？和我想象中的人一样呀！怎么回事，有一种非常神秘的……"

然后，少女连个招呼也不打，鞋子一脱，就飞快地朝店里面冲去，坐到了工作台边的一把旧椅子上。然后，解开包袱。把自己的针线盒拿了出来，打开盖子。

"看呀——我带来了这么多碎布头。还有针和线。我说，这下行了吧？请教我锁扣眼儿吧！我说，那不可思议的扣眼儿……"

一边说，少女一边把头仰了起来，她看见工作台上堆着一大堆西服。

"啊啊，这些全都是您做的西服吧？"

少女朝西服跑了过去，冷不防，把耳朵贴到了一个个扣子上。然后，就闭上了眼睛，一个人呆呆地嘟囔道：

"听到了啊！听到了啊，果然听到了啊！"

从扣眼儿里面，竟然听到了小鸟婉转的鸣叫声。此外，还有像风的声音啦，浅溪的潺潺流水声什么的。

好几个月前，少女从自己刚买回来的衣服的扣眼儿里，头一次听到这样的声音时，都怀疑自己的耳朵了。少女连忙把扣眼儿翻了过来，可是，扣眼儿的后面，只不过是坠着一粒再普通不过的冰冷的扣子而已。可怎么会呢？啊啊，这到底是为什么呢？为什么能从这家洋裁缝店做的西服的扣眼儿里，听到小鸟婉转的鸣叫声呢？

"喂，为什么呢？到底用什么方法，才能锁出这样奇妙的扣眼儿呢？"

少女像是要缠住店主不放似的，追问道。店主沉默着，目不转睛地在少女的脸上盯了许久，这才挤出一句话来：

"你是真心的？"

不知是怎么回事，那双没有表情的眼睛叫人有点不寒而栗。

"你是真心想知道扣眼儿的秘密？真的喜欢那声音？"

少女轻轻地点了点头。于是，店主就丢下她，朝壁橱走去，从抽屉里面取出一件衣服来。

"那么，从今天开始，你就是我的徒弟了。这是我们的制服。"

"制服？啊呀，还有制服吗？"

少女欢快地笑了起来。

"是啊，嗯，就算是工作服吧！到那边去穿上吧。"

店主把衣服递给了少女，用手朝试衣室一指。

工作间的一角，有一间用帘子隔开的小小的试衣室。约摸有半张榻榻米大小，正对面，竖着一面细细长长的穿衣镜。里头昏暗得让人觉得像是墙里挖出来的一个洞穴似的。

少女抱着衣服，兴冲冲地钻进了试衣间，放下了帘子。

"怎么样？正合适吗？还是稍小了一点？"

店主在帘子外面问道。

"嗯嗯，袖子有点……"少女的声音。

"有点长？"

"嗯嗯，三厘米左右。"

"是吗？那么，长度怎么样？"

"长度正好。"

"领子怎么样?"

"……"

"觉得领子怎么样?"

"……"

"你喜欢这件衣服吗?"

"……"

"怎么样?喜欢吗?"

怎么一回事呢?少女没有回答。还不只是这些呢,连咳嗽声、转动身体的声音也没有了。简直连喘气的声响都没有了。

店主竖着耳朵听了一会儿,终于点了点头,慢慢地把试衣室的帘子掀了起来。

里面没有人。连一个人也没有。

一个少女,就这样消失了。

2

其实,类似这样的事情,已经发生过好几次了。

来这家店里学缝那奇妙的扣眼儿的方法的女孩,必定会在那间试衣室里消失。

还不仅仅是她们。在这家店里定做了衣服、来试穿衣服的女孩子们,也会一个接一个地消失。简直就像是被一个眼睛看不见的世界吸了进去似的,无声无息地消失了。

这家小小的洋裁缝店,在一个挺大的镇子的一条偏僻小巷上。

繁茂的广玉兰的树影下，是一座几十年前建的两层楼的老房子。

这个老奶奶究竟是什么时候开出这家店的呢？没有一个人知道。而且，也没有人怀疑到它与镇子里的女孩子一个接一个地失踪有什么关系。

就没有一个人知道吗？……不，实际上，仅仅有一个人，暗中对它起了疑心。

这个人，是那个少女失踪之后不久，从相邻镇子上来的一个男人。这个年轻人每天两手插在外套的口袋里，站在道路的对面，一动不动地注视着这家店。他是前面那个少女的哥哥。

他是来这个镇子里寻找妹妹下落的，已经在店的四周守候了一个多星期了。怎么看，这家店怎么有点怪。为什么这么说呢？因为他亲眼看见，有个女孩一大早就进到了店里，但是一直到天黑了也没有出来。黄昏，少女家里的人一脸担心地来了，那时候，从店里头走出来一个有点诡异的老奶奶，静静地这样说道：

"啊，如果是那位小姐的话，早上试完衣服，就回家了呀。"

年轻人一听，吃了一惊。加上他又早就知道这家店里能锁出奇妙的扣眼儿，这更让他觉得这店主不是一个普通的人了。

（这样一来，用一般的手段是解决不了啦！）

男人一个人点了点头。然后，他知道终于是闯进店里的时候了。

"对不起。"

等天已经完全黑透了，男人才"咚咚"地敲响了店门。他一边吐着白色的哈气，一边这样说道：

"是来当学徒的，住在这里工作行吗？"

于是，那个老奶奶从里头走了出来。

"哎哟，你想在这里做事？男的还是头一个来呢！几岁了？叫什么名字？有没有经验？"

听她这么一问，男人流利地回答道：

"我叫杉山勇吉，二十岁。在相邻的镇子里开了一家洋裁缝店，手艺一流……"

"是吗……"

老奶奶像是动了心，目不转睛地盯着那张看上去挺老实的脸看了一会儿，一下子放低了声音：

"你能守住秘密吗？"

她问道。

"秘密……你说的秘密？"

"我的工作，与一般的洋裁缝店多少有点不一样。万一被看到了，给说出去就麻烦了。所以，我才决定尽可能不雇用年轻的女孩子。"

"是这样啊。年轻的女孩子总是多嘴多舌。"

"是的。简直就像小鸟一样饶舌。所以，我啊，早就想好了，只雇用哑巴女人或是不爱说话的男人来当学徒。"

"我就不爱说话。如果有必要，十天、二十天可以不说一句话。"

男人小声嘟囔道。

"是吗？那样的话，就留下帮我一阵子吧！"

听了这话，杉山勇吉就脱了鞋子。上到工作间，他细细地打量起屋子里来了，他的目光，一下子就停在工作台上的熨斗附近了。

因为那里有一个他觉得眼熟的小小的针线盒。一瞬间，勇吉的眉头不由得抽动了一下，随后，就又装出一副若无其事的样子，坐到椅子上，慢慢地抽起烟来了。

3

勇吉在这家店里的工作，与在普通的洋裁缝店里的工作没什么两样。总之，就是裁裁布、踩踩缝纫机、烫烫衣服什么的……尽管是这么一家小小的洋裁缝店，然而来自大百货公司或是大街上的商店的订单却相当多。老奶奶像是喜欢起能干的勇吉来了，变得十分亲切，还教给他做复杂衣袋的方法和少见的刺绣的方法。

但是，她还没让勇吉锁过一次扣眼儿。

"先那么搁着，最后集中起来一起锁扣眼儿吧！"

老奶奶总是这样说。工作间里，只剩下扣眼儿还没有开过的衣服渐渐地堆了起来。

（都积下这么多了，究竟打算什么时候做呢？）

尽管勇吉放心不下，可一个星期过去了，十天过去了，老奶奶还是没有锁扣眼儿的迹象。

吩咐做什么，勇吉就做什么，到了晚上，他就睡在楼梯下面的一个小小的贮藏室里。好长的一段时间里，没有发生任何可疑的事情。平静的日子一天接着一天，都让人着急起来。

不过，有一天夜里，发生了一件诡异的事情。

那是初春一个恬静的月夜。勇吉像往常一样，躺在楼梯下面的房间里。当他直愣愣地瞪着呈一个斜面的天棚时，失踪了的妹妹的脸，又蓦地一下子浮在了眼前。

（必须赶快干点什么了！）

勇吉已经把这座房子的每一个角落都搜查遍了。趁老奶奶外出的机会，他把二楼房间里的壁橱、衣柜全都偷偷看了一遍。但是，就是不见妹妹。

这不过是一座非常非常小的两层楼的房子。要说有点不对劲的地方，也就是它是紧紧地贴着广玉兰建造起来的，看上去，就仿佛是树的延续似的。但是，就算是解开了这件事情的谜，还是找不到妹妹的下落。

勇吉长长地叹了一口气，闭上了眼睛。

就在这时，天棚上响起了一个奇怪的声音。吧嗒吧嗒，就像雨点打在白铁皮的屋顶上面似的……

"下雨了吗？"

勇吉嘟哝了一声。可是，他又想，不对呀，今晚是一个明亮的月夜啊！而且，就算是下起了阵雨，可天棚的上面是楼梯！雨不可能直接下到楼梯上。凝神倾听间，那个声音渐渐地变得激烈了，楼梯从上到下，一段不剩地响了起来。

（像是漏雨了哟！）

勇吉正准备起身，冲上二楼叫醒老奶奶，可不知不觉中，却觉得那个声音变成了梦中的声音。

（唔，这是豆子撒落到地上的声音。）

勇吉闭着眼睛点了点头。

（老奶奶一定是把整袋豆子撒到楼梯上了！）

这样想着，不知什么时候，勇吉就沉入了深深的梦乡之中。

第二天早上，勇吉到了工作间一看，已经锁好了扣眼儿的衣服，一件挨一件地排列在工作台上。

"什、什么时候……"

勇吉瞪圆了眼睛。

"喂，究竟是什么时候锁好的呀？这么多扣眼儿！"

不料，老奶奶冷冷地说了一句：

"我啊，就喜欢不爱说话的男人。"

当老奶奶朝里面走去的时候，勇吉悄悄地把耳朵贴到了开好的扣眼儿上。果然听到了。

就是那个不可思议的声音。

勇吉把那些衣服一件接一件地抓了过来，贴到了耳朵上。是第几件了，从扣眼儿里，勇吉像是隐隐约约地听到了妹妹的声音。在簌簌作响的草的声音中，妹妹的歌声听上去是那么的细弱。

在家里，妹妹总是一边唱歌，一边洗衣服。再小一点的时候，坐在被炉边上取暖，还一起唱过歌，玩过猜拳的游戏。这会儿，从扣眼儿里听到的声音，就是和那个时候一模一样的声音。是有点口齿不清、让人觉得亲切的、用鼻子哼出来的歌声。

（是这样啊，扣眼儿的秘密，果然和失踪的女孩子们有关系啊！）

察觉到了这一点，勇吉的心就剧烈地跳动起来了。

上午十一点，大百货公司的车子来了，买走了已经做好的一百件西服。临走的时候，百货公司的店员说：

"那么，下个月也拜托了。"

老奶奶笑容满面地说：

"好啊，请在下个月满月的第二天来吧！"

勇吉一听，猛地按住了心口。

（果然是昨天夜里！满月的夜里发生了什么事情呢？）

4

下一个满月的夜晚，勇吉是怎么也睡不着了。一干完活儿，他早早就回到了自己的房间，坐在地上，瞪着天棚等待着。他两手握得紧紧的，用整个身心倾听着，心急如焚地等待着。

是半夜几点了呢……那个不可思议的声音，又开始吧嗒吧嗒地在楼梯上响了起来。听上去，让人觉得好像是什么小动物的脚步声。比如小鸟啦，老鼠啦……不，是一个比起它们来还要轻、还要干枯的声音。这个声音下了楼梯，走过勇吉房门前的走廊，向工作间的方向走去。

（好，让我来偷看一下吧！）

勇吉狠下心，把门打开了一条细缝。他顿时倒吸了一口凉气。

天哪，竟然是一大群树叶！

树叶多得都让人眼花缭乱了，它们像活生生的东西一样，吧嗒吧嗒地跳着，正在向工作间的方向涌去。一片片叶子，又大又鲜绿……是的，一片不差，全是广玉兰的叶子。

房子边上的那棵大树，立刻就浮现在了勇吉的脑子里。这座房子紧紧贴着的那棵高高耸立的大树——树叶大概是从二楼的窗户里吹进来的。紧接着，简直就像是刮起了一阵阵秋风似的，它们被刮进了工作间那扇敞开的门，消失了。当所有的树叶都被吸了进去之后，"啪"的一声，工作间的门自己关上了。

（绿色的叶子，怎么会散落一地呢？肯定是二楼的那个人干了什么。）

勇吉禁不住跳到了走廊上，向楼梯上爬去。

气喘吁吁地闯进了二楼的房间——可是那里什么人也没有。

明亮得让人惊异的月光，从大开着的窗户外照了进来。勇吉呆住了。

（深更半夜的，窗户开这么大，到底去哪里了呢？）

勇吉摇摇晃晃地跑到窗口，向街上望去。

镇子沐浴在月光之下，宁静极了。对面的照相馆的灯，成了一种微弱的橘子的颜色。停着的汽车的影子，重重地投在沥青的道路上。这是偏僻小巷的一个宁静而又温暖的春天的夜晚。

老奶奶不见了。往常天一黑，就急匆匆上二楼去的那个人的身影，怎么也找不见了。

"不会在工作间里吧……"

勇吉下了楼梯，提心吊胆地朝工作间走去。

从刚才树叶一拥而进的那扇工作间的门缝里，一道细长的、不可思议的光泄了出来。而且，勇吉还听到里面充满了欢笑声。

（深更半夜的……究竟谁……）

勇吉的心怦怦地跳着，悄悄地把工作间的门打开了。

门对面，是一片意想不到的风景。

门对面是一片原野。

是一片一眼望不到头的原野。天空悬着一轮黄色的月亮，茂密的草被风吹得摇动着，发出沙沙的响声。

根本就没有什么洋裁缝店的工作间！当然也没有店门、玻璃窗了。没有对面的那条偏僻小巷，也没有对面的那家小小的照相馆。

有的，只是那棵广玉兰。

一夜之间，绿色的叶子就全部掉光了，光秃秃的广玉兰耸向天际。

更令人想不到的是，这片原野上散乱着一大群女孩子。到底有几十个人呢？少女们穿着一样的鲜绿的衣服，看上去，就宛如树叶的精灵。她们一边大声地笑着、唱着，一边摘着草。

"蒲公英、笔头菜、紫云英，

笔头菜、鸡儿肠和三棱草，

今天夜里，大家一起做艾蒿的年糕。"

一边唱着这样的歌，少女们一边把草放进了自己的围裙里。等到围裙里装满了草，少女们就把它们集中到了原野的中央，不可思议的事情开始了。

那么多的草，被一架古老的大纺车纺成了一根细细的、细细的线。

"紫花地丁、油菜花、兔菊，
鹅肠菜、鸭跖草、款冬的花梗，
明天大家一起做赤豆饭。"

眼看着，一根闪闪发亮的、草色的线就纺成了。少女们把它卷成了好几个线卷。当这一切都结束了之后，她们就各自分头坐了下来，干起了针线活儿。也不知道是从什么地方取出来的，少女们一人拿着一件西服，铺到了膝上，开始锁起扣眼儿来了。

"哇……"

勇吉情不自禁地跨进了原野，眺望着她们做事的样子。

针在少女们的手上熟练地飞舞着。那针，是绿色的松针。那线，是刚刚才纺成的草的线。

就是用这样的工具，少女们把原野的声音缝进了扣眼儿里。

勇吉如同走进了幻觉一般，大气也不敢喘，甚至连眼睛都忘记眨了，只顾出神地眺望那些少女们的一张张脸了。他想，妹妹肯定在这里面……

但是，不论是哪一个少女，脸上都是同一种表情，完全看不见勇吉，只是欢快地锁着扣眼儿。

——喂……

勇吉想叫出妹妹的名字。

——这怎么行啊？在这种地方悠闲地做着针线活儿，不快点回家，怎么行啊？

可是，根本就没有喊出声来。勇吉只是像一条鱼一样，一张一合地动着嘴巴。勇吉是想把妹妹找出来，可他觉得哪一张脸都像妹

135

妹，又都不像妹妹。

——喂、喂……

勇吉一边用不能称之为声音的声音，继续呼唤着妹妹的名字，一边一个接一个地扫视着少女们的脸。

这时，月亮沉了下去。

少女们的声音顿时停了下来。然后，眼睁睁地看着她们一个不剩地变回了广玉兰的叶子。

树叶像是被旋风卷了起来似的，一起飞到了天上，骨碌碌地旋转着，淹没在了清晨的光波之中，消失掉了。

清醒过来的时候，勇吉发现自己正坐在工作间的地上。

旭日那晃得人睁不开眼睛的光芒，从窗口射了进来。抬头一看，广玉兰的一树绿叶，闪着亮光，摇动着。工作台上，高高地堆

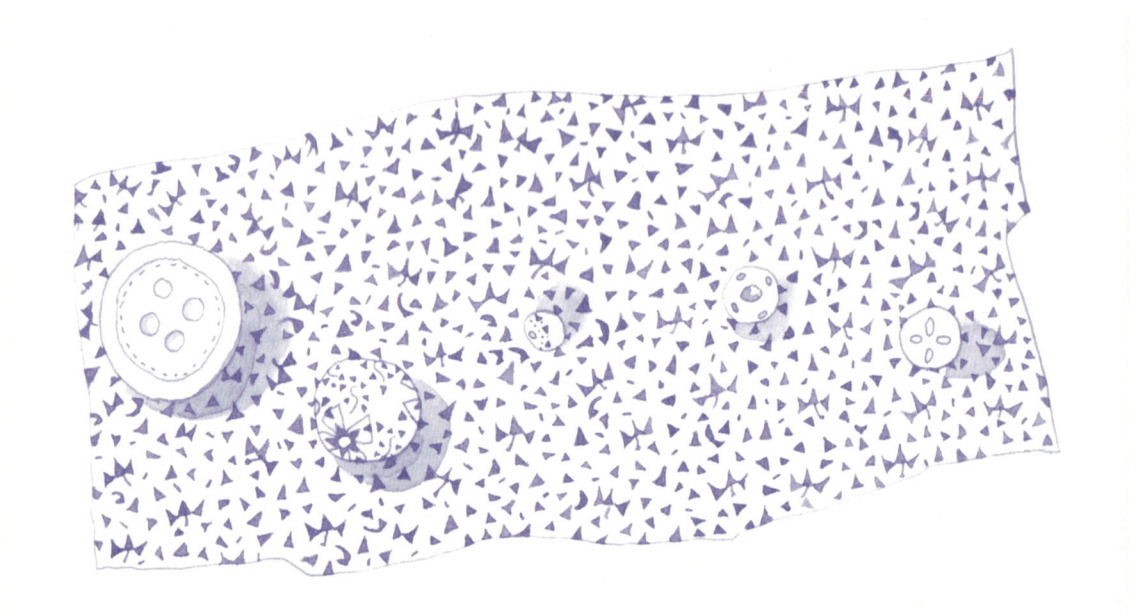

着一件件已经锁好了扣眼儿的西服。

（真没想到，真没想到……）

勇吉大口大口地喘着气，好半天，想站却站不起来。只要一闭上眼睛，仿佛就又觉得自己坐到了原野的中央。仿佛就又听到了刮过原野的风声和少女们的歌声。

那之后的数日，勇吉一边干活儿，一边和老奶奶这样聊了起来：

"哎，这房子里有老鼠吧？"

"怎么知道呢？"

"上次我听到脚步声了。半夜里，吧嗒吧嗒地响了起来。而且还不是一只两只，听那脚步声足有五十只上百只。"

"是你听错了吧？是把下雨的声音听错了吧？"

"不，确实是老鼠的脚步声。那时候，我来到走廊里一看，好家伙，全是绿色的老鼠啊。从二楼上滚了下来，一只接一只、一只接一只。走廊的地板都给淹没了，直往这工作间涌了进来。就在那一刹那，老鼠们全都摇身一变，变成了年轻的女孩子啦。"

老奶奶嗯嗯地听着勇吉的话，途中，挥动着针的那只手停住了，布轻轻地掉到了膝上，然后，嘟囔了一声：

"你终于发现了我的秘密啊！"然后，她脸上又露出了一丝捉弄人般的笑容，说，"可是你的眼神儿也太差了，怎么把它们看成了老鼠？"

勇吉装出一副糊涂的样子，这样问道：

"那么，从楼梯上滚下来的绿色的东西，究竟是什么呢？"

听他这么一问，老奶奶得意地鼓了鼓鼻子。这个时候，她那一对灰色的小眼睛，闪烁出一种异样的炯炯光辉。

"既然如此，我就破例讲给你一个人听吧，那些——全都是我宝贝的树叶哟！"

"……"

勇吉想了一下，小声地叽叽咕咕地说道：

"可是……可是树叶怎么可能形成那么美丽的、幻觉一般的原野呢……知道吗？那天晚上在这里所看到的一切，什么也不留，全都消失了，这个镇子成了一眼望不到头的原野了哟！我还认得的东西，只有那棵广玉兰树。"

老奶奶笑了：

"是的，那就是这里过去的风景。一百年前，这里哪有什么镇子，放眼看过去，是一片美丽的原野。只有广玉兰一棵树耸立在那里……"

老奶奶怀恋似的喘了一口气，然后，突然换成了一个温柔的声音，说道："让我告诉你实话吧！"

勇吉轻轻地点了点头，搁在膝上的那双手，都有点颤抖起来了。

老奶奶恳切地说："我呀，其实是一个树精啊！"

"……"

"是的，从很久很久以前，我就是一个住在广玉兰树里面的树精。我在树里面有一间小小的房间……

"你知道吗？每一棵树里面，全都有一个树精的房间。每个月有一次，就是满月的那天夜里，我会悄悄地离开家，回到树里面那间自己的房间里面去，点上灯。然后，再一施魔法，你看到的事情就会发生了。一句话，那是一个能唤起我回忆的地方啊。

"过去，我的树枝上有一百只小鸟。还借给松鼠家一个窝。还开了一家专供蝴蝶们的翅膀歇息的旅馆。还有……对了对了，还开了一家洋裁缝店哪！时髦的獾的衣服，是用我的树叶一片片拼起来的；狐狸小姐的帽子，还用说嘛，当然用的是广玉兰的白花……

"可是，原野的样子一天天变掉了。草被拔掉了，四周盖起了房子，小鸟和松鼠不知逃到什么地方去了。小河被埋掉，成了道路，镇子迅速地大了起来。还建起了工厂，汽车也多了起来。

"于是，不知是怎么一回事，我的叶子，还绿绿的就枯萎了，纷纷掉落了。花也不开了，果也不结了。等我察觉到的时候，已经成了一副光秃秃的惨样了。

"于是，我待在树里的房间里就透不过气来了……没办法，我只好出来了，在树下建了这家店，试着过起了人一样的生活。挂起洋裁缝店的招牌那天，就有好几个年轻的女孩子来订货了。有一天，我突然冒出来一个主意，把一个女孩给变成了广玉兰的树叶。我成功了。打那以后，我就让自己的树叶一天天多了起来。镇子里的广玉兰树起死回生，还有谁不高兴呢？

"变成了树叶的女孩子们，平时就那么睡在树上，只有在满月的夜里，才会在我那回忆的原野上变成原来的模样，为我锁扣眼儿。因为是在回忆的原野上用特殊的针和线锁出来的扣眼儿，所以就能听到原野的声音。我就这样，通过一个个扣眼儿，把原野的声音分赠给了镇上的人们。"

"原来是这样。这太动人了……"

勇吉入神地自言自语道。不过，他一想到那些失踪的女孩子，心就又沉了下来。

5

从那以后,勇吉比起现在来,更加沉默寡言了。他像一块石头一样沉默,只是埋头干活儿。干到一半,会重重地叹上一口气。勇吉缝出来的西服,满月那天被那些女孩子们锁好扣眼儿,散落到了镇子的四处。

时不时地,老奶奶还会神不知鬼不觉地把女孩子带进那间试衣室里,把她们变成树叶。最近这段时间,一旦这事一次就成功了,老奶奶就会唱起这样的歌:

"我的树叶,多了一片,
我的工作,又快了。"

不知是领第几次薪水的时候了,勇吉匆匆地去了外面一趟。他到大街上买了一个东西,就心急火燎地赶了回来。

月亮静静地、静静地大了起来,终于,五月那个明亮的满月的日子到了。

那天夜里,勇吉悄悄地溜到了屋外,躲在对面那家照相馆的阴影下面,等着老奶奶出来。

圆圆的月亮正好悬挂在广玉兰树的上方时,洋裁缝店的玻璃门,被轻轻地从里面打开了。紧接着,提着煤油灯的老奶奶,摇摇晃晃地出来了。

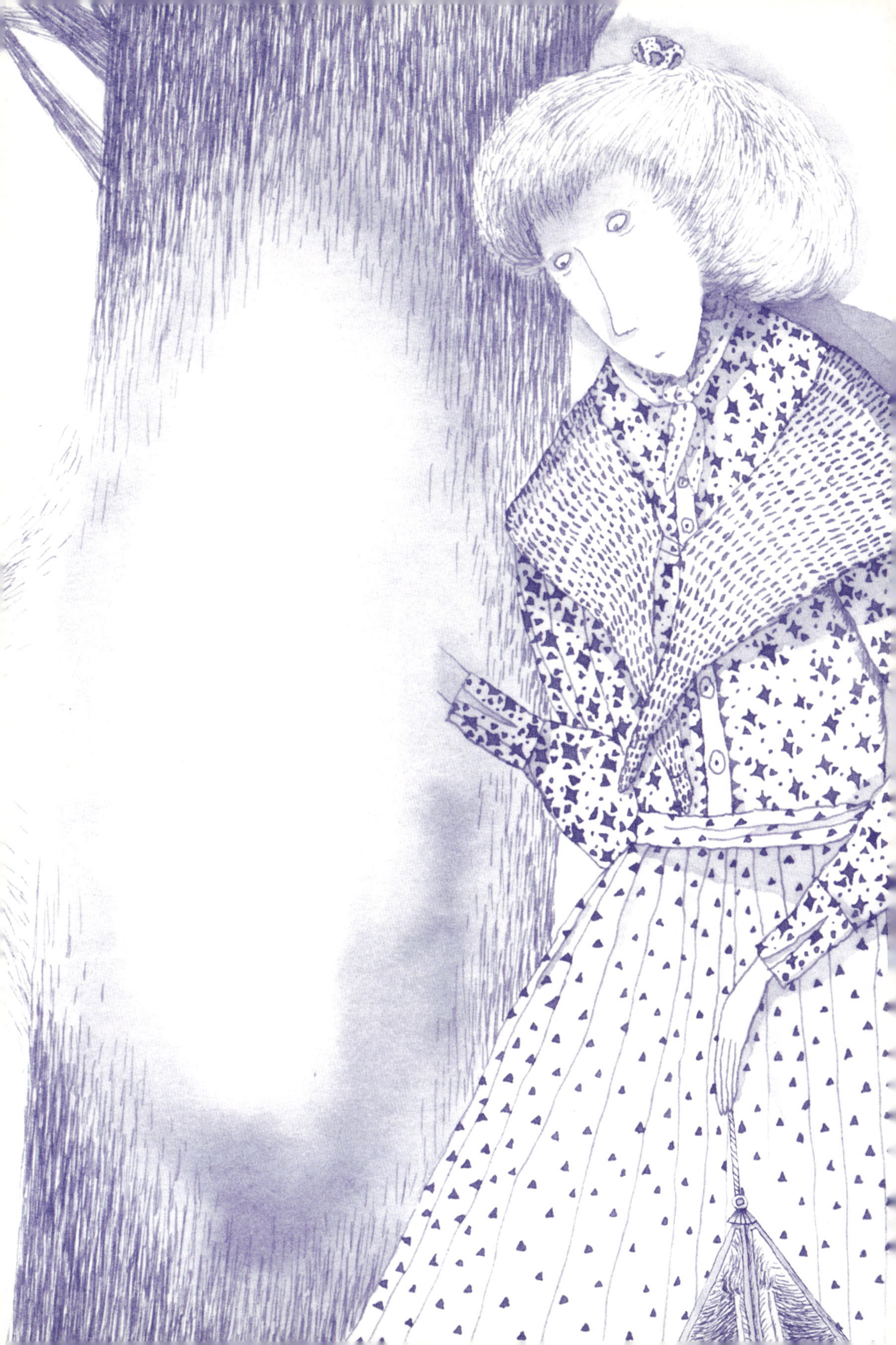

（终于开始啦！）

勇吉眼睛睁得老大，喘着粗气。

现在老奶奶就要往那棵树里钻啦。然后，她就会点燃那盏煤油灯……

（啊啊，那时候、那时候！）

勇吉偷偷地瞟了一眼右手紧紧握着的东西。

那是一把锯子。是他上次偷偷买回来的、一把锋利无比的锯子……

勇吉要用它把广玉兰锯开。

勇吉的心怦怦地跳着，目不转睛地注视着老奶奶的一举一动。

老奶奶毫不犹豫地向广玉兰走去，用手在树干上摸了起来。一开始，还像是在抚摸，但渐渐地就加大了力气。

于是，被老奶奶的手摸过的地方，就透明起来了。

（原来是这样钻进树里去的啊！）

勇吉佩服得五体投地。

很快，透明的部分就变得和一个人差不多大的时候，老奶奶像是被树吸了进去似的，消失了。

多么高明的魔法啊！勇吉佩服得把锯树的事都忘到了脑后，呆呆地在那里站了好久。不一会儿，他心里又突然冒出来一个新的想法。

（让我也看一眼树里面的房间吧！）

老奶奶那么神奇地就消失在树里面了。勇吉想，要是我也那样摸一摸，能看到树里的情景就好了，只看一眼就行。

（对了，先去看一眼她在什么样的房间、念什么样的咒语吧，然后再锯树也不迟。）

勇吉就那么拿着锯子，朝广玉兰跑去。

然后，他自己也轻轻地摸起刚才老奶奶摸过的那段树干来了。开始的时候，他还用一只手战战兢兢地摸着，到后来，就一点点地加大了力气。

这么一摸，树干奇怪地变得光滑起来了。

（是这样啊！）

勇吉忘我地摸着。不知不觉中，竟把锯子给扔掉了，开始用两只手用力地摸了起来。

当他觉得手上的皮都快要磨破了的时候，树一点点地透明了。

然后，就隐隐约约地看见了树的里面。

里面简直就仿佛是一个水底下的房间。墙上点着的煤油灯，晃来晃去，树精背着身子，摇摇晃晃地站在蓝白色的灯光中。她那瘦瘦的脊背颤抖着，正在不停地念着什么咒语。蓦地，勇吉一下子想起了儿时玩过的玻璃球。把它贴到眼睛上朝外看，看到的就正是这样的情景。被关在玻璃球里头的人，看上去就好像是蓝色玻璃钵里的一条奇怪的鱼一样。勇吉禁不住长长地叹了一口气。

就在这时。

树精唰地一下回过了头。勇吉吃了一惊，想往后退，可腿却动不了了。老奶奶目不转睛地盯着勇吉，像是微微在笑。接着就点了点头，冲他温柔地招了招手。这时，不知是为什么，勇吉的心境一下变得快乐起来，身子像是融化了一般，头也晕了，一转眼的工夫，人已经被吸到了树的里面。

树精的房间——

一跨进去,勇吉就有了一种奇怪的感觉。他见过这个房间。

宽不过半张榻榻米,墙上竖着一面穿衣镜。看上去像是一个洞穴,对面挂着帘子……勇吉猛地一怔。

(试衣室!)

是的,就是那间试衣室!想不到紧贴着广玉兰树而建的这座房子的试衣室,竟会在树干的里面!一瞬间,勇吉想要逃回到帘子那边的工作间去,但就在这时,老奶奶的声音,凛然地飘了过来:

"试衣室的帘子,夜里是打不开的。那里只不过是年轻女孩子们的通道。"

勇吉把脸转向了树精,不停地颤抖着。老奶奶那像石头一样灰色的眼睛笑了起来。随后,突然用嘶哑的嗓子唱了起来。

"我的树叶,多了一片,
上好的树叶,多了一片,
我的工作,又快了。"

(要被变成树叶了!)

刚这么一想,勇吉的身子已经开始旋转起来了。转呀转呀,简直就如同旋风中的树叶一般。勇吉高举着双手,踮着脚尖,旋转着。蓝色的煤油灯一圈圈地旋转着,它的光,像波纹一样地扩展开来,自己的身边都变成了一片蓝色的海似的。他觉得自己的身体开始缩小,一点点地被染成了绿色。

这时,勇吉的耳朵里,听到了树叶女孩子们爽朗的歌声。

"蒲公英、笔头菜、紫云英,
笔头菜、鸡儿肠和三棱草,
今天夜里,大家一起做艾蒿的年糕。"

"啊——"勇吉的心头顿时变得明朗起来。也不知是为什么,快乐得不能再快乐了。勇吉情不自禁地大声喊道:

"今天夜里,大家一起做艾蒿的年糕。"

于是,少女们像呼应似的唱道:

"紫花地丁、油菜花、兔菊,"

勇吉呼应道:

"鹅肠菜、鸭跖草、款冬的花梗,
明天大家一起做赤豆饭。"

不知从什么时候起,勇吉的眼前出现了一片广阔的、广阔的月夜下的原野。

浅溪的潺潺流水声。花的香味。一大群少女正在摘着草。

这时,其中的一个少女迅速地站了起来,望着勇吉,嫣然一笑。那是一张让人思念的白皙的脸,梳着可爱的辫子。

"哥哥!"

少女清清楚楚地这样喊道。然后,就兴奋地摆起了手。

"哥哥,快来呀快来呀!"

勇吉张开双臂,一边大声地呼唤着妹妹的名字,一边向原野的中央冲了过去。

第二天早上,繁茂的广玉兰树下,洋裁缝店又像往日一样开门了。

白鹦鹉的森林

作者 _ [日]安房直子　　译者 _ 彭懿

产品经理 _ 吴亚雯　　装帧设计 _ 廖淑芳　　产品总监 _ 周颖琪
技术编辑 _ 顾逸飞　　责任印制 _ 刘世乐　　出品人 _ 王誉

营销团队 _ 张超、宋嘉文

鸣谢

王国荣　王雪

果麦
www.guomai.cn

以 微 小 的 力 量 推 动 文 明

图书在版编目（CIP）数据

白鹦鹉的森林 /（日）安房直子著；彭懿译 . --
上海：少年儿童出版社，2024.9. --（安房直子经典
童话）. -- ISBN 978-7-5589-2027-1

Ⅰ . I313.88

中国国家版本馆 CIP 数据核字第 2024UP5068 号

著作权合同登记号　图字：09-2024-0370
SHIROI ÔMU NO MORI
By Naoko AWA
Copyright © 1973 by Naoko AWA
First published in 1973 in Japan by CHIKUMASHOBO LTD.
Simplified Chinese translation rights arranged with CHIKUMASHOBO LTD.
through Japan Foreign-Rights Centre / Bardon-Chinese Media Agency

安房直子经典童话
白鹦鹉的森林
［日］安房直子　著
彭　懿　译

俞　理　封面图
钦吟之　插　图

责任编辑　叶　蔚　　美术编辑　施喆菁
责任校对　黄亚承　　技术编辑　许　辉

出版发行　上海少年儿童出版社有限公司
地址　上海市闵行区号景路 159 弄 B 座 5-6 层　邮编 201101
印刷　天津市豪迈印务有限公司
开本 710×960　1/16　印张 9.5　字数 96 千字
2024 年 9 月第 1 版　2024 年 9 月第 1 次印刷
ISBN 978-7-5589-2027-1 / I.5269
定价 35.00 元

版权所有　侵权必究